逆转苏格拉底

[日] 伊坂幸太郎 著
代珂 译

四川文艺出版社

目录

× 他不是苏格拉底 ····· *1*

× 她并不慢 ····· *57*

× 他不是擎天柱 ····· *103*

× 他违反体育道德 ····· *163*

× 他不是华盛顿 ····· *219*

他不是苏格拉底

他不是苏格拉底

遥控器从餐桌被拿到了客厅沙发，又再次被按下。刚买回来的大屏电视跟其他家具还没混熟，显得格格不入，就像一名态度蛮横的转校生，而且是从城市转来乡下的。电视仿佛在苦笑——你不是刚把我关上吗？

耳边传来播音员的实况转播，发音清晰，流畅地讲述着并不太新颖的观点。

职业棒球联赛已近落幕。在京队一马当先，整个夏天都排在首位。可没想到，排名第二的球队竟以惊人的气势追了上来，差距已缩小至只差两个胜场。这又怎能不吸引球迷关注？哪怕有荧屏阻隔，赛场热烈的气氛都扑面而来。

在京队投手以正面姿势投球。打者没挥棒。裁判示意好球。

镜头里的计分板上，排列着一长串的零。第八次站上投手丘，这位现役球员中年薪最高的金牌投手显得信心十足。

现在站在右手打击区的是三号打者，体格强壮却有一张娃娃脸，据说本赛季已是稳拿击球得分和本垒打的双冠王，还拥有众多女性粉丝。打者摸了摸耳朵，握紧球棒。

第二球投了出去。几乎同一时刻，打者身姿优美地回转，撞击声响起。"击球了！"实况解说员高声呼喊。

球的飞行距离很远。镜头一路追随球的轨迹，投手面带痛苦地回望。

球在下落，朝着中外野最靠后的那根界线标杆。所有观众都紧盯着那颗球画出的巨大抛物线。

转身追着球跑的那名防守队员是刚换上场的，体格虽不健壮但作风顽强，凭借对球的判断能力保持着不错的击球率，曾是本赛季队里的主力。但是，由于他顶撞了作风过于独断的教练，被取消首发的场次越来越多，众多体育报纸和粉丝也常为此事惋惜抱怨——教练因为个人恩怨而拖累整个队伍，这算怎么回事？而如今，那位中野手正矫健地飞奔。他跑得那样快，仿佛在发泄平日里和教练对立而郁积的愤怒。

球速更快了，就像是在说，我怎么能被追上？

中野手面朝围墙方向跳了起来，一跃腾空。身体在空中翻转，随即又落地。球呢？注视着他的观众没有出声，但心里都在想：球在哪里？

所有观众都屏住呼吸。片刻过后，他们看见这位中野手高举起左手，手套里，有颗白球。观众席和场内气氛为之一振，巨大的欢呼声浪喷薄翻涌。

中野手站在原地，右手肘稍稍弯曲，仿佛用尽浑身力气抓住了一个浮在空中透明的宝贝。那看上去是一个小小的庆祝手势。接着，他双手捂脸，好像洗脸一样使劲儿揉搓了一阵，然后伸出两根手指戳了过来。

手中遥控器的电源键被再次按下。大屏电视发出的声响犹如轻声叹息，画面暗了下去。

初中和高中的记忆，无论好坏，都让人感觉特别真实，或许是因为其中存在许多青春期特有的羞涩。可如果再倒退至小学生时，记忆就一片模糊了。

小学六年级的那几个月，本应是一段重要的回忆，可每当我试图想起，却感觉就像在读别人的冒险传奇。

回想起的那些场景断断续续、点点滴滴，我只是原封不动地将它们排列起来。

突然出场的是课桌前的自己，正是算术测验的时间。

坐在桌前，面对考卷，拼命压抑着心底越发激动的情绪——我，学习和运动成绩都还行，在班里不是格外突出但也没有不合群——我就是这种小孩。从初中到高中再到大学，学习成绩越来越无法成为炫耀的资本，运动也仅是平均水准，生活渐渐平凡乏味，所以，可以说，小学才是我最好的时代。

那个叫久留米的——我连一声老师都不叫，希望诸位以此体会一下他在我心目中的形象——总把最后两道题出得特别难，几乎不可能全部答对。不过其余问题，就凭我那脑子也都解出来了。剩下的只是等久留米一句话："好了，时间到。从后往前把卷子递上来。"

如果在平时，应该是这样。可那时候却不同。

我的左手，攥着揉成团的小字条。右边座位上的安斋把它塞给了我。字条上写有数字。字很小，是安斋写的。那是答案，每一题之间都用逗号隔开了。

"加贺，我递给你，你再把字条递给旁边的草壁。"安斋指使我道。

冷静——每当我在心中这样告诉自己，心反而跳得更加剧烈，就像它偏要跟这句话对着干。被久留米逮住了会怎么样？当然，小学时期的教师是绝对正确的存在。老师的职责就是教导我们，教给我们正确答案，学生对此深信不疑。

并且，久留米还有着与众不同的威严。他体格健壮，五官像演员一样端正，牙齿也漂亮。那时久留米应该过了三十五岁，比我父亲稍年轻些。可对我而言，他却比父亲更年长，更严厉，是一种更为恐怖的父亲形象。久留米从五年级第二学期开始带我们，每当被他点名时我都会紧张，这感觉从未变过。不光是我，在我看来，所有的孩子都有点儿畏首畏尾。

我想，明明已经跟安斋他们事先演练过那么多遍了。不，或许实际上，当时的我甚至连这样想的余地都没有。我的头脑里尽是心跳声。

佐久间举手了。班级女生里她个儿最高,眼睛大,说白了就是个美女,是那种校园里最受瞩目的学生。她父亲是某知名通信公司的董事长,常常上电视,为地方经济做出了贡献;母亲则热衷教育,是个对学校方针都能指手画脚的人物。从各种意义上,学校都得敬佐久间三分。

"老师。"佐久间一字一句地开口道。

"怎么了?"

"这里印得不清楚。"

哪里不清楚?久留米嘀咕着,朝她的课桌走去。

一切都在按原计划进行。我下定了决心。连佐久间都不顾风险,选择协助这场"作弊计划",我又怎么能不出手?

趁久留米走到佐久间身边弯腰看试卷时,我的左腕安静地动了起来。动作虽不大,但在我看来已经十足醒目。

"想在实际行动时不紧张,得事先一遍一遍地练习,一直练到身体可以自己动起来。"

打一个星期前起,我就遵照安斋的建议,一下课就练习。练习如何不动声色地将手伸到旁边草壁的座位上。

或许练习奏效了。身体一旦动起来,字条就自然而然地被放到了草壁的课桌上。

我沉浸在完成使命后的轻松里,心脏跳动得更剧烈了。为了掩饰,我把脸凑到试卷上。

计划制订之初,我曾提议说:"横竖是作弊,让我负责递字条,不如干脆答案也让我来写好了。"算数测验,我有信心拿高分。我认为，与其让安斋写完答案递给我，我再递给草壁，这样两道手续，不如我直接写好答案递给草壁多简单。但是，安斋却说"不"。他坚持认为："任务还是大家分担比较好。而且加贺，你就在草壁旁边，我隔着一个人，心情更放松，抄写答案比较容易。"

安斋的预判实在到位。事实上，真让我在考试时往字条上写答案，根本就不可能。我或许会因为紧张而当场晕倒。

左手边的草壁拿到字条后都干了些什么，我已经不记得了。我只记得，实施作弊后的负罪感和冒险时的亢奋，让我的心一直怦怦跳个不停。

我还记得去美术馆的事情。曾经去过两次。第一次去是在……忘了是作弊计划制订之前还是过后。反正不管怎样，时间应该都相距不远。因为，那本就是计划的一环。

"加贺，这美术馆你来过吗？"安斋问道。我老实地回答："我连这栋楼是干吗的都不知道。"我对绘画当然没有兴趣，虽然知道学校旁边有这么一座外观奇特的巨大建筑，但从未想过能跟它有什么缘分。

刚一进馆，我就问安斋有没有来过这座美术馆。结果，说话声在馆内回荡，听上去特别大，我被吓了一跳，感觉脊梁冷飕飕的。里面零零散散有一些人,但全都屏息静气,仿佛只要谁发出点儿脚步声天花板就会塌掉,然后巨大的恶鬼探出头来,说一句"逮到你啦",张口就咬。这让每个人都感到害怕。当时四周是那样安静,使我不禁如此胡思乱想。

"偶尔吧。闲着没事的时候,我就来这里看画。"我听了安斋这句话,虽然没想太多,但还是感到钦佩。

我只是慌里慌张地跟在安斋身后,对于细节并不十分清楚,感觉那些应该都是馆内常设的展品。我们背着书包,迈着步子,来到展览本地一名抽象派画家作品的展区。

"这画儿好像是本地画家的作品。"安斋低声道。

"反正我是不认识。"我战战兢兢地低声回答。

四月升六年级时,安斋才刚从东北地区转学过来,可他却比我还熟知此处的事情,这实在令人汗颜,同时又让我感觉安斋的知识面很广。恐怕当时班里还没有人了解什么本地画家。

"听说他的抽象画很有名。上次来时我问过讲解员姐姐,在海外评价也很高。"

对于当时的我而言,别说"抽象画",就连"讲解员"和"海外",都已算是来自未知而遥远的世界的词汇。

"哦?"我不懂装懂地附和,"这种看起来就像乱画出来的东西,很了不起吗?"

那画看上去真的就像胡乱画出来的,并不是我在替小学时的自己辩解。感觉那就是一堆线条,还有旋涡一样的东西,青色和红色溅得到处都是。

安斋往里走，我跟在后面。可能美术馆的员工见安斋隔三岔五来参观，就认为他是个"喜爱绘画的孩子"，面对放学不回家的我们非但不觉得可疑，反而连眼神里都带着笑，仿佛看见了热爱学习的小朋友。

我们在一面挂有速写作品的墙前面停下。那些画作差不多都是三张明信片大小，没有上色，线条粗犷，好像是打的草稿，我诚实地说出了内心的感想："我感觉这种东西连我都能画。"

安斋问："你真这么觉得？"

"我感觉能画出来。"

"其实这种作品，小孩子是画不出来的。"

"是吗？"

"得有素描功底，才能简化到这种程度。"

安斋这番话的意思我当然不懂。"你不觉得你能画出来？"我仍执拗地反驳。

这时，安斋似乎很满意地点了点头，道："这才是重点。"

"重点？什么重点？"

安斋没有回答我的问题，而是环视四周。会场的一角摆了张椅子，负责监管的人正坐在那里。

如果我记得没错，当天我们就此离开了美术馆。

回家路上，我听安斋讲了行动计划。

记忆里的下一个场景还是在美术馆。隔些日子后，我们再次前往，仍然去到常规展厅的角落。安斋在我身旁道："好了加贺，该你出场了。"

"啥？"

"哎呀，我不是都跟你说好了嘛。"

"真的要干？"

"那当然。"

再往后的事情我其实记得并不太清楚。它留在我脑海里，就好像被轻柔的烟雾包裹着，比在算数测验时作弊的记忆还要模糊、微妙。或许是过度的负罪感和紧张淡化了它的现实意味。

我去会场一角找到工作人员，指着入口附近的一幅作品问道："那幅画儿，画的是什么呀？"面对我这个小学生，工作人员露出惊讶又欣慰的笑容，随即起身走到画旁亲切地为我讲解了几句。安斋命令我让她尽量多说话，尽管我绞尽脑汁问了好几个问题，但这终归是有极限的。记忆中，话题很快就没有了，我笨拙地道谢，随后快步离去。

"怎么样？画儿呢？"我平复着慌乱的呼吸，看向他的手。那只手上拎着一个布包。

安斋是这样制订作战计划的："加贺引开管理员，我趁机拿别的画儿跟美术馆里的调包，然后再带出来。"

关于安斋的记忆，有的深刻，有的模糊。四月时他以转校生的身份来到班上，我已记不起他当时的模样，只有一个模糊的影子。但安斋放学后在学校操场上反驳土田，说"我不这么认为"时的表情，却清晰地留在了我脑海里。

那大概是作弊计划的一个月前。放学后，我们在学校操场踢足球。安斋也参加了。

转学过来的安斋，算不上呆板但也不很活泼，我们问他"要不要一起玩"，大约三次里有一次他会参加。他并不积极，没有过主动说"算我一个"、要求加入的时候。他看起来不是特别开心，但也不算特别无趣；根据课堂发言和考试成绩来看，他是聪明的，但又不是很出风头。

如今再回过头想，我才明白，那是"每年都得转一两次学"的安斋从实际经历中习得的处世之道。他，很懂得跟同学保持距离。

那一天在场的全是同班的男生，六个人拿围在操场四周的网当球门踢着玩儿。游戏渐渐白热化，我居然也破天荒地进了球。直到第二天我才想通，那是因为安斋给我传了许多好球。而当时的我只以为自己的球技忽然变好了，光顾着开心。

"怎么能让加贺这种家伙进球！"土田大声地、不悦地喊道。据说他爸是报社高层，或许也因为这个，不，我坚信就是因为这个，他总瞧不起年级里其他同学。土田嘴里的话有七成都是自吹自擂，剩下三成，就是瞧不起别人、嘲笑别人。归根结底，他所有的发言，都是为了强调自己相对于旁人的优势地位。我跟土田讲话时，多少也会注意点儿分寸，结果就是我很少感觉到开心，而且——应该说正因为那样——我在班上也开始有了影响力。

踢了一阵过后，众人七嘴八舌地商议。"再来一局怎么样？""差不多该回去啦。"我远远看见了正要出校门的草壁，他戴着在京棒球队的球帽。后来我才知道，那时候他唯一的乐趣就是在家看职业棒球比赛的实况转播，每当看到本垒打或好球，他都会跟着画面模仿球员的动作。或许，他选择将棒球选手的精彩覆盖在自己的生活之上，是希望以此忘却无聊的现实。

"嘿，墙头草，草壁，小草妹妹——"土田高声叫喊。草壁似乎是听到了，慌忙跑开。

"小草妹妹？"安斋面色严肃地看着我。

"他老早就有这个绰号了。"被他这么一问，我也有些愕然，随即解释道，"大概小学三年级时候吧，草壁穿着粉色衣服来学校，看起来像女生一样。"

"穿粉色就是女生了？"

土田和身边的同学交换眼神，然后板起了脸。他可能以为安斋这是在找碴儿。"这还用问？差不多都是啊。"

"我不这么认为。"

"你什么意思？"土田不高兴了，仿佛在说，你有意见？难道你也是女生？

我有些慌了，不知该怎样才好。我没想到安斋居然那么强势，敢直接跟对方叫板。

"这话可是老师先说的。三年级的时候，久留米老师。"土田噘着嘴道。

当时的情况我也记得。久留米那时候是高年级的班主任，只不过在全校师生集合时碰巧撞见草壁，见他身穿淡粉色的衣服就说："你穿衣服怎么跟个女孩儿似的。"他的语气不像调侃，而像是在念课文，周围同学一下子都笑了。

"哎，"安斋一副恍然大悟的模样道，"久留米老师呀，有时候就那样。"

"就哪样啊？"土田兴奋了起来。

"经常想得太绝对。"安斋说。我发出了疑惑的一声："啊？"想得太绝对？什么意思？

"你干什么？你这是瞧不起久留米老师？"我还想听他继续讲，可土田却立马叽叽喳喳起来，话题也就此被打断。

"没有啊，我可不是想说久留米老师的坏话，只不过……"安斋继续说道。

"只不过？"这是我问的。

"我可不觉得，穿了粉色衣服就是女孩儿。"

"粉色就是女孩儿。"

"那像火烈鸟那样的呢？而且，就算像女孩儿又怎么样？"

"一个男生却像女生，那当然怪怪的了。"

"那只是你土田这么想。但是，我不这么认为。像女生的男生也好，像男生的女生也好，都没什么奇怪。你知道这地球上有多少人？人有各种各样的，那不是很正常吗？还有的人就像你土田这样呢。"他一字一句，讲得斩钉截铁、头头是道。他的话，我并不觉得有什么不妥。

场景切换。

我家附近的儿童公园，安斋在那里对我说过的话令人难忘。对话的具体细节还是老样子，记忆模糊，内容大致应该如下：

"我说加贺，"安斋一屁股坐在秋千上，来回荡着，我则站上旁边的秋千，膝盖弯曲，慢慢地加强摇晃力度，"假设你穿了一件印着骷髅头的衣服。"

"嗯？你说什么？"我正使劲儿荡着秋千，还以为是不是错听了什么重要词汇。

"骷髅头的衣服。你觉得怎么样？"

"什么怎么样？"

"如果你穿着它上学，然后久留米老师或者土田说你，'加贺居然穿骷髅头的衣服，真土'。"

"这……"我开始想象，"应该会很丢人吧，我才不要。"

"是吧。接下来，可能，班上所有人都会这样想——'加贺身上穿的那件骷髅的夹克，真土'。然后大家就会觉得，'加贺是个很土的人'。"

"嗯，应该会吧。"

"可是你好好想想。说骷髅头土，并不是很客观的评价。"

"客观？什么意思呀？"

"客观的意思就是，不管在谁看来都是绝对地正确。有人觉得骷髅头帅，也有人觉得土。这并不是什么绝对的事情。没有正确答案。跟一加一等于二完全是两码事。"

"嗯，应该是吧。"

"我们总是不自觉地受到别人影响。不管自己怎么想，首先在意别人怎么看。如果人家说你的骷髅头很土，你也会忍不住那样去认为，结果就是再也不会穿它出门了。"

"我本来也没有骷髅头的夹克。"

"我念过许多学校，每个学校都有那种自以为很了不起、乱扣帽子的家伙，什么'那个很土'啦，'这个不好看'啦。"

"还有这回事？"

"但我有个办法，可以不输给那些家伙。"

我记得当时我已经下了秋千，就站在安斋面前。我可能以为，他是要教我游戏秘籍，或者教我怎么去模仿校长。

"'我不这么认为。'"

"嗯？"

"就这句话。"

"这就是秘籍？"

"打个比方吧。加贺，你爸被公司开除了不是？"

"并没有。"

"打比方嘛。然后呢，有人当着你的面说'他那个爸爸真是没用'，然后周围的同学里，总有一些会跟着起起哄，笑一笑。

这时候，你就这样对那个人讲——"

"哪样？"

"就说，'我不认为他没用'。"安斋说得自信十足，"你要冷静，慢慢地说，就像要把话刻在对方脑袋里一样。"

"这能管用吗？"

"能啊。你看，关于你爸有用没用，每个人的看法是不同的，并没有谁能下定论。他们可以说'加贺的爸爸没工作'，但'没用还是有用'就没人知道了。本来就是啊，他们根本一点儿也不了解你爸爸。所以，你要明确地表态。我，不这么认为。你怎么想，别人决定不了。"

当时的我，应该是心虚地"哦"地应和了一声。安斋话里的意思，我连一半都领会不了。

接着安斋就说起一段很重要的话。

"久留米老师就是一个典型。"

"典型？"

"他相信自己是正确的。他的看法太绝对，还要强加给每一个人。我也不知道他那是故意的还是无意的。而班上的人又会受到久留米老师观点的影响。你看，草壁不就是吗？自打他被贴上'土'的标签……"

"并不是说他土，而是说他像女孩子。"

"转到这个学校后我就一直在观察，久留米老师常常表现出瞧不起草壁的态度。"安斋继续道。他说，即便是解答同样的问题，草壁回答正确时，老师就表示"可能问题太简单了"。而如果是优秀的佐久间回答,他就添上一句"很好"的表扬。哪怕只凭这一点行为,他也可以让同学们产生一种印象。草壁总是得不到表扬,佐久间和土田总是被表扬。草壁丧失了自信,周围的人就会想——草壁不如我们,就算有些瞧不起他也没什么。

"正好,不久前我还在电视上看过。"安斋道。

"看过什么?"

"怎么说的来着?教师、教师效果……好像是教师期望效应?"

"这我可不知道。"我当即不住摇头。

"是一个叫作教师期望效应的法则,或者说规律吧,反正就是有这么一种东西。如果老师带着'这个学生将来或许会变得优秀'的想法和学生相处,那么学生实际上就会变得更优秀。"

"哦?有这种事?"

"嗯,也不是说绝对就是这样。不过你想,一般学生答不上来问题,老师并不当一回事,但如果老师期望一个学生变得优秀,问题回答错了或许也会给予鼓励,可能还会热心地跟学生一起解题。每当学生有所进步,可能老师都会大力表扬。这样一来,学生就会真正优秀起来。"

"也是,好像有点儿道理。"

"反过来也一样。当老师认定'这个学生不行'的时候,就算学生表现好,老师也会觉得学生'还差得远',要是学生犯了错,恐怕更要认为这学生就是不行。这样看来,说明老师的态度还是有影响力的。"

"就好像心情不好就会生病一样，是不是？"

安斋坐在秋千上抱着胳膊，沉吟一番后摇头道："可能还是有点儿区别。"

我也不记得自己当时是如何回应的了。总之就是表示不好意思打断你说话了之类，然后催促他继续。

"这样看来，我们最大的敌人——"

"敌人？"一头无法驾驭的巨大怪兽忽然出现在我脑海。

"最大的敌人，就是成见。"

"成见？"这个词本身我都不明白。

"就是自以为是。"

"什么意思？"

"我们来打破久留米老师的成见吧。"

"我看还是算了吧。"我对佐久间说，"你还是别掺和我们的行动了。"

若要分类，佐久间显然属于那种"优秀的女同学"，再加上她深受父母和老师喜爱，就更不应该让她因为这种不必要的事而留下污点。虽然我嘴比较笨，但我记得自己还是很努力地劝了她一番。

"没有好处。一点儿好处都没有。"我说。

草壁点了点头，似乎也认可我的说法。

"可是，"佐久间听了后语气稍显紧张地道，"有时候我也觉得，久留米老师的做法好像有些问题。我也明白他对学生们区别对待。"

"了不起，佐久间，你观察很敏锐。"安斋拍手道。

我记得，当时应该是在我家没错。

那次碰头是为了讨论安斋的行动计划，与其称之为讨论商议或是战术会议，不如说是一场表态大会，众人在会上就"我们要动手"这一意向达成了明确一致。草壁就不用说了，就连佐久间都来了。我家二楼有一间朝南的木地板房间，直到高中毕业为止那都是我的房间，现在回头想想，进过那间房的女孩子，可能就只有当时才六年级的佐久间一个。母亲一反常态地忐忑，还紧张兮兮地往房里送点心，这些片段都和当时的羞涩一起留在了我的记忆里。

为什么佐久间要参与协助，我已记不太清。我好像有印象，放学后我们叫住草壁留在教室里讲话被她瞧见了，然后她就凑上来问"你们聊什么呢"。我还记得，我们讲话时，安斋见到佐久间碰巧从我们身后路过，就问了一句"你要不要加入"，把她给拉了进来。记忆是模棱两可的东西。只有一件事情可以确定，那就是佐久间表示说："如果只是一点儿小忙，我愿意帮。"

我提醒佐久间，像她这样受到老师和父母信任的好学生参与我们的行动，得不到任何好处，她却满不在乎地表示："久留米老师就跟我妈妈一样，总以为自己什么都是对的，所以我一直想找机会告诉他：你错了。"

于是，我们就一同开起战术会议来了。

安斋首先做了如下声明——

这事对草壁并没有好处。

这次行动并不是为了草壁。

"什么？"我很惊讶。

佐久间也一样困惑地问："安斋同学，这次行动，不是要通过作弊让草壁拿高分吗？"

我浑身一抖，生怕"作弊"这个词她说得太大声让楼下的妈妈听到。

"并不是那样。"安斋道。

"那是哪样？"

"是要让草壁得高分，吓久留米老师一跳？"我问。

"对。不过，又有一点儿不对。我并不是要吓他一跳。"

"那是为了什么？"草壁也开口了。他个子虽矮，体形却并不瘦弱。只不过，可能因为他眼睛小又总是唯唯诺诺的，所以不管做什么看上去都很弱小，棒球帽摘掉后扁塌塌的头发更加深了那种弱小的印象。

"上次我也说过，久留米老师的问题在于他总以为自己的判断正确。"

"认为自己的判断不正确，不是更糟糕？"

"有时候只不过是偏见而已。他不把草壁当回事，就是因为他觉得，草壁这孩子没什么大不了的。"

在草壁面前这样说话合适吗？我当时很是担忧，忍不住看了一眼草壁，却见当事人竟一脸认同的表情，嘴里还"嗯、嗯"地直点头呢。

安斋随后又讲了一遍教师期望效应："总之，草壁越来越退步，可以说也怪久留米老师。老师认定某个学生不行，很多时候真的会毁掉一个学生。"

"所以呢？"

"我觉得，如果我们放着不管，久留米老师会一直继续做那样的老师，从不去怀疑自己的判断究竟是对还是错。"

"应该是吧。我看见我妈那个样子就觉得，大人的想法是不会改变的。"

"完美的人明明不存在，竟还有人非要认为自己是完美的，绝不会犯错，还无所不知，这才是最可怕的事。以前苏格拉底就这样说过。"

"苏格拉底？"

"他好像说过：'我只知道，我一无所知，但正因如此，我才比他们更聪明。'"

"我？知道一无所知？"我慌乱地重复，安斋的话听上去就像绕口令。

"也就是说，认为自己什么都懂的人，不是好人。"

"苏格拉底，是不是柏拉图的老师？"佐久间开口道。

"嗯，是呀。"

"哦，那从教师身份这点来看，久留米老师就是苏格拉底了。"

"草壁，不是那样，刚才我说过了，苏格拉底明白自己并不完美。久留米老师可根本不知道啊。他跟苏格拉底相反。"

"哦，相反的呀。"草壁表情严肃地附和道。

"所以，"安斋一字一句地说道，"这次，我们就要让久留米老师的那种成见来个大逆转。"

"成见是啥意思？"草壁问。

安斋看向我，那意思是要我来回答。"就是自以为是啦。"我解释道，好像那不过是一个普通常识。

"大家听着，如果，草壁的成绩好起来了会怎么样？"

"我？"

"久留米老师一定会惊讶。或许在大家面前他不承认，但他心里一定会打鼓，觉得：'欸？难道我认定的东西是错的？'你们不这么觉得吗？"

"我也这么觉得。"佐久间当即回答，草壁也点点头。

"那么，假如明年久留米老师负责别的班级，又认定哪个学生不行，到时候应该就会留神了。"

"留神？"

"他会觉得，也许，自己的判断错了。"

"因为当初草壁就跟自己想象的不一样，他成绩变好了？"佐久间的理解能力很好。

"对。所以，这次的事并不是为了草壁好。作弊是能拿高分，可实际上学习成绩没有真的提高，对草壁来说应该也算不上好事。不过，这却是为了久留米老师接下来的学生们好。因为他以后可能会更注意不要对学生抱有成见。"

"确实是这样。"佐久间说，似乎是表示同意，然后她咬了一口我妈刚才拿进来的雪饼。见到女孩子在自己的房间里吃东西，实在是有种说不出的新鲜感，我感觉到了一丝丝兴奋。

"明白了，这不是为了我，而是——"说到这里，草壁的语气稍微强硬了些，"为了今后的孩子们。对吧？"

"对。草壁，对不住你了。"

"没事，我觉得这样才好。"

那是草壁首次向我们敞开心扉的时刻。

假如那次的事，是为了校园生活不如意的草壁，是为了给他留下美好回忆，假如行动计划的出现是因为这种近似怜悯的动机，或许草壁就不会参加了。即便他参加了，那也不过是因为他无法违背我们的意志，配合也会不情不愿。然而，安斋的目的并非救助草壁。他是为了后来的学生们。草壁之所以干劲十足，或许也是因为自己将成为别人的拯救者。

佐久间的手伸向装有可乐的玻璃杯，细声道："真开心。我要想喝这个，也只有趁现在这种时候了。"

"你在家里时不喝吗？"

"我妈妈她讨厌垃圾食品。应该算是坚持健康第一的原则吧。"说完，佐久间将可乐送到嘴边。

随后，她身旁的草壁将手伸进敞开的包装袋里抓了一把零食吃掉。只见他嘀咕了一句"好吃"，手立刻又再次伸了进去。

"草壁，你家也坚持健康第一的原则？"我随口问道。他努努嘴，像是在思考措辞，说道："是节约第一的原则。"之后他叹了口气，似乎是想开了，又笑道，"其实是还债第一。"

"那么，安斋，你的计划考虑到哪一步了？"佐久间是这样问的，就在小学六年级的我的家里，"只是通过作弊让他考一百分，吓唬老师一下？"

"不，如果只是那样，久留米老师可能也不会放在心上，只以为是草壁碰巧运气好，就那么过去了。紧接着还得再做另一件事。"

"另一件事？你有什么打算？"

"我现在想的是——"

"是什么？"

"你们看啊，我觉得成见这种东西，越是没有标准答案的事情，越容易受它影响。就是不能拿数字表示结果的事情。反过来说，我们比较容易利用的，也是这种说不清楚的东西。"

"说不清楚的？"

"比如说，"安斋喝了一口可乐，"画儿啊。绘画的评价，是不可以靠数字的吧？"

数学测验，草壁差一点儿就得了满分。久留米对此结果做何反应，我实在是不记得了。不对，其实也记得一些，不过那并非我们所期待的反应，不值得为之拍手称快。

老师念出姓名，待学生上前来时就把试卷发还回去。有些老师这时候会给出一些诸如"挺努力""有点可惜"之类的评价，久留米却几乎没说过什么。我成了公司职员后，见到复印机的分组复印功能，总觉得孩提时代见过类似的东西，后来才发觉原来那感觉就跟久留米发考卷时一样。

他当时也是，无甚兴趣地喊了一声"草壁"。为了不引起他的怀疑，我和安斋故意装出不关心的样子，没看草壁。

等到放学后，我们把草壁带到公园问："久留米老师的反应怎么样？"

"什么反应也没有。"草壁只是摇了摇头。

"他什么也没对你讲？"

"什么也没有。"

"可是——"这时佐久间开口了。看着她坐在秋千外围的栅栏上，我身体里有种七上八下的感觉。"可是，在我看来，久留米老师好像挺留意草壁什么反应。"

"哦？"

"不知道他是在怀疑还是震惊。哎，以前有一次，教室里不是飞进来一只蜜蜂吗，那时候久留米老师打算把它赶出去，今天他的表情就很像那个时候。"

"也就是说，他觉得草壁像那时候的蜜蜂一样可怕。"安斋道。

"他在害怕？"

"也不是那种感觉，就是，那个表情就像是在仔细观察，在思考应该怎么办才好。"

"懂了，"安斋满意地点点头，"如果是这样，那么计划就成功了。他的成见被破坏了正在动摇，我们得趁热打铁。"

"是这样吗？"草壁看上去似乎没什么自信。

"安斋和草壁俩人的答案一样，久留米老师也会起疑心的吧？"

"那没问题。"安斋正微微地前后荡着，"因为我故意写错了几道题。草壁九十八分，我七十五分，他才不会怀疑呢。佐久间，你多少分？"

"我一百分。"

"了不起。"我不禁赞叹，但听上去却像是在讨好这位大小姐，连我自己都不好意思了。

"好的，那么，执行下一个计划。"安斋道。

"就是你之前提过的绘画行动呗？"佐久间往前探着身子，"我只需要去找我妈，说想要像去年那样办一场素描比赛，是吗？"

"只要你妈妈能跟久留米老师顺口提那么一句，那么今年可能还会办一场素描比赛。"

所谓素描比赛，就是孩子们各自回家，拿铅笔或炭笔，照着家里的东西或室外的景色画素描画，然后拿到学校进行一场简单的评比。当初久留米好像是打算着，如果有什么好的作品，就拿去市里参加比赛，这活动也确实得到了家长们的好评，其他班级都跟着办了。

"哎，不过，草壁画画儿好像不怎么样吧？"佐久间似乎又想到了什么，大声说道，"五年级刚开学时，你是不是在课本上画过小汽车？那个还算可爱，挺不错的。"

这意料之外的评价让草壁僵住了，他脸红通通的，一动也不动。我于是伸手指着他说："草壁呆住了。"这样一来，安斋也露出松弛的表情。

"因为那幅画，我让久留米老师骂了，他命令我擦掉。"不一会儿草壁咕哝道，"他说，课本不是让你拿去画那些难看的画儿的。"

我看向安斋。

"草壁，他那么说你，你怎么想？"

"哦，我就觉得，我画得难看呗。"

"是吧。可是，那顶多只能算久留米老师的感想。"安斋两眼放光，再次说出了那句话，关于"我不这么认为"，他当场又发表了一次演讲："所以说，下次如果再发生同样的事，你绝对应该在拿橡皮擦掉画的时候说：'我，不觉得难看。'就算嘴上说不出来，也要在心里那样想才行。"

"只在心里想也行？"

"这很重要。绝对不可以被迫接受。"

我最初听安斋讲起他所设想的"绘画行动"，是在第一次去美术馆踩点回来的路上，内容如下：

久留米从学生们那里把素描画收上去后，会贴在教室的墙上。如果活动形式还跟五年级时一样，就应该是那样。他会给所有人发纸，让大家各自写上自己认为最好的作品和感想，然后公布结果。

"所以这一次——"安斋说。

"这一次怎么样？"

"我们就交别的画上去，当作草壁的作品。"

"别的画？"

"哎呀，就是挂在美术馆里的，那个本地画家的。"

听到这话我被吓坏了，应该说是哑口无言了，只傻乎乎地"啊"了一声后又问他："等一下。你的意思是，我们要去拿之前那幅画？"

"去拿。应该说，只是借用一下。"安斋满不在乎地说道。

"借？美术馆会把画借给我们？"

"怎么可能呢。"安斋立即答道，"又不是图书馆。我们只能偷偷地借。"

"怎么偷偷地借？"

然后，安斋就说起了他打算拿别的画调包的计划，再次让我愕然。他说，从杂货铺买张便宜的画，拿去换掉那一张。

"反正，我们要把那个画家的画，当成草壁的给交上去。"

"那又能怎么样？"

"我跟你，我们在评比的时候，要夸奖草壁的作品。就说，

'我觉得那张画很好'。这样一来，久留米老师就会去挑毛病。"

"对那幅画？"

安斋用力地点头，道："他当然以为画是草壁画的，一定是没价值的作品。他肯定要嘲笑说'那画儿就跟漫画似的'。"

"会吗？"我感觉无法认同，"这他应该能看出来的吧？"

"你别小看了人的这种成见。而且，人总是愿意相信自己的判断是正确的。"

"什么意思？"

"久留米老师早已经认定了草壁是个没用的孩子，是吧？所以，后来他只看得见草壁失败的时候，然后就想，'草壁这孩子果然没用'。他只能接受跟他自己认定的事情类似的情况，或者是符合他的偏见的情况。尤其是画，我也讲过了，这种东西的好坏不容易说得清。根据评价的人心情不同，有时看上去好，有时看上去坏。就像之前那幅画，如果不告诉你是著名画家的作品，你不也觉得像草稿吗？你不是还说，这样的画自己也能画吗？"

"说是说了……"我含糊地应道，"那么，如果就像你说的，久留米老师说那幅画不行了，接下来又怎么办？"

安斋的嘴咧开了。那不只是单纯的笑，简直就像是暗藏在他体内的恶作剧之虫一点点地现出了真身。"到时候我就找个机会这样说：'呀，老师，我刚刚注意到，那幅画，好像不是草壁画的！'"

"啊？"

"我要告诉他：'那不是美术馆里的画吗？'估计，久留米老师到时候该急了。因为，那就意味着，他在贬低一个著名画家的作品。"

虽然当时的我并不能很好地理解这番话，但也隐约明白，这就是安斋所谓"逆转成见"的计划，所以，我还是回答他说"我明白了"以表示接受。

"久留米老师一定会找理由掩饰，不过，他肯定会对自己的判断失去自信。"

"你是说，久留米老师以后对学生的看法就不会太绝对了？"

"我是要让他知道，他自己的成见有多么不靠谱。顺利的话，久留米老师或许也能像苏格拉底那样去思考。"

冷静下来想想，那实在是个鲁莽的计划。别的不说，就算久留米老师的观念被成功颠覆，我们成功地让他以为著名画家的作品是草壁的，但事情过后如果被追问"这幅画为什么会出现在这里"，又该怎么解释？这些他根本就没考虑过。为什么草壁会交一张美术馆的画上来？为什么要混在比赛作品里？为什么草壁没有第一时间坦白？最终结果，很有可能导致草壁陷入不利的局面。

对于这些"为什么"，安斋认为并不重要。他抱有强烈的希望，认为"只要能成功把画从美术馆里拿出来，其他事情总会有办法"，于是我也就选择了相信。

所以，我们再次前往美术馆，实施了计划。

我听从安斋的指示，扮演引开工作人员注意力的角色。

最后怎么样了呢？

先说结论，安斋并没有把画调包。

我听完工作人员的话，脑子因为紧张而一团糨糊，感觉脚底仿佛踩在云上似的走到出口，问已经在那里的安斋："怎么样？画儿呢？"他摇了摇头。

"不行。"

"不行？没换下来？"

安斋点头。

"为什么？"

"因为签名呀。"他那悔恨的表情我不会忘记。

"签名？"

"那么小一张素描画，居然也有画家的签名。刚才我看了一下，就签在下面。"

由于不知道画上会有画家的签名，安斋有些不知所措，不过还是果断选择了放弃："有签名，久留米老师肯定会察觉。"

绘画行动就此夭折。

以安斋的性格，他不会因为一次失败而垂头丧气。对于已经过去的事情他并不懊悔，他会说"那我们再继续下一个行动吧"。

"那么——"我提议说。这次对话应该是发生在我家附近的公园。"那么，下次上课时，让草壁回答一个很难的问题，吓久留米老师一跳怎么样？"

"或者，"我记得佐久间当时穿着一件长外套，可能就是一件无甚特别的深蓝外套，看在我眼里却很显成熟，"或者，学习一首英文歌，在他面前流畅地唱出来？"

安斋保持着双臂环抱的姿势，发出"嗯——"的沉吟，面露难色。"不行，我感觉那跟作弊行动属于同一种性质，反复发生有可能暴露。"

"安斋同学，你还挺追求细节。"佐久间的语气里带着钦佩和惊讶。

"也不是追求细节，我只不过在考虑效果而已。"

想不出什么好点子，几个人就围在秋千四周呆站着。虽然已到了寒冷的季节，跟班上同学一起秘密交流却使人感觉亢奋，再加上能跟班上所有人都羡慕的佐久间同学在一起时的喜悦，对于我来说那仅仅是一段快乐时光。可能是跟我有着相同的感受，草壁嘀咕了一句："不过，让人看见是不是不太好？"

"让人看见？"安斋反过来问他。

"现在我们聚在这里，如果被土田看见了……"

"那没事吧？就算土田看见我们在这儿，肯定也只会以为我们是在公园里玩儿。"安斋说着，草壁却摇起了头。

"我不是那个意思。就是，佐久间同学现在跟我们在一起呢。"

"嗯?"佐久间拿手指着自己道,"我不该在这儿?"

"不是那个意思。哎呀,看见佐久间同学跟我们在一起,大家都会羡慕的。"草壁结结巴巴地说道。我也表示赞成:"嗯,这倒是。"

"是吗?"佐久间说着,望向安斋。

安斋不作声,若有所思。没过一会儿,他自言自语道:"要不这样?"然后又点头道,"就这样吧。"

"什么这样?"

"就这样。行动计划。"安斋稍稍抬起了眼,看上去又像是在梳理脑子里的想法,"佐久间是众所周知的优等生。"

"众所周知"这个词对于我来说挺新鲜。它给我的印象,是"众人口重"或者"重人口重"这种。

"优等生?说来也怪,被别人这样称呼,我其实并不怎么开心。"佐久间虽无怒意,看起来却很无奈。

"唉。不过实际就是这样。不光久留米老师,包括其他老师,还有土田,大家都对你佐久间另眼看待。"

"另眼看待?"草壁问是什么意思,安斋没有回答。

就在此时,电话在一个恰好的时刻响起。我立刻看向佐久间。因为当时整个班里有手机的也没几个,佐久间是其中之一。佐久间从外套口袋里掏出手机,那看似平淡无奇的动作,终于让我感受到了自己与她在成熟程度上的差距。而她只迅速对着电话说了一声"嗯,知道了"就挂断了电话。"是我妈。"

"让你放学别乱跑赶紧回家？"我想象电话的内容。

"嗯，算是吧。听说隔壁学区有可疑的人出没。"

"啊？"草壁的脸都白了。

"这都是常有的事情。这种消息听说都是群发的，发给家长们，各种各样的消息都有。现在怪人真是多。我妈每次都不放心，就会联系我。"

"那当然会担心了。"我说道。这种事我妈就只会偶尔关注一下。可如果我不是儿子而是女儿，她恐怕就会神经质许多了吧？

"什么可疑的人？我可是一次都没碰着过。"

"那最好。"安斋应道，然后又停了会儿，说，"好，就它了。"

"什么呀？"

"我想好行动计划了。谣言行动。"安斋带着稍显激动的表情开始解释，我们都瞪大了双眼，面面相觑。佐久间的眼睛就近在眼前，忽闪忽闪的。

早晨刚到学校，我就在走廊上碰着了一个隔壁班的女生，像是刚结束管乐队的练习。她家跟我家在同一条街道，幼儿园也一样，如今我却连她名字都记不太清了。当时她跟我打招呼：

"欸,加贺,昨天的事情你听说没?"

我的书包都还背在肩上,"啊"了一声。她则压低嗓音道:"听说昨天,佐久间同学差点儿让怪人给抓住了。"

"佐久间?"

"哎呀,就是那个,离你家和我家不远的佐久间同学啊。那家烟酒商店知道吧?听说她一直在上辅导班,骑自行车去,会从那家店后头路过。"

"哦。"我假装镇静。

"说是突然冲出来一个男的,故意撞上她的自行车。然后她就摔倒了,好像挺严重的。"

走进教室,四处都在传着差不多的话。他们说,那男的倒没什么特别暴力的行为,但举止明显很可疑,一直往佐久间身上贴,就像暴露狂那样。

"哎,加贺,你听说了吗?"就在快上课时,土田也来找我聊,"听说,当时好像还有人出来见义勇为了。"

"哦?谁呀?"

也不知道安斋和佐久间是通过什么渠道传出了谣言,总之它迅速在校内传开了,速度比我想象中的快许多。估计,佐久间的母亲也"担任"了扩散谣言的使命。

铃声响起,久留米进来了,站到讲台上。这个六年级的班级里,并没有什么露骨的恐怖统治在横行,可班主任久留米一现身,四周就安静了下来,孩子们都回到座位。

"可能大家已经听说了,"久留米很快开口道,"昨天,出现了一个可疑人物。我们班的佐久间亲眼看见了。"

谁遇到了怪人这种事情，直接公布姓名似乎并不合适。眼下之所以这样，可能是佐久间怂恿母亲去跟学校提了建议——想要打消众人心里"遇上怪人，有没有受到什么侵害"的疑虑，倒不如让教师们统一口径，公开宣布她佐久间"虽然碰着了可疑人物，但并没出什么事"——佐久间这样对她母亲说，而她母亲就照做，去找老师商量。久留米对此应该也同意。当然了，佐久间真正的意图，其实是为了让久留米在班上提起自己的这件事情。

"佐久间，你没受伤吧？"久留米问完，所有人的视线都集中在了佐久间身上。

她的态度很干脆，保持着坐姿自然地回答道："没什么事。就是吓得慌。"

"是谁救的你呀？"土田高声道。按原计划这里应该是安斋发问，这下倒省事了。

久留米并没追究土田为什么这样问，看来他也已经听到了风声。

这样一来，佐久间就微微朝教室正中央的方向转过身去。"嗯……"她语气开始含糊起来，"嗯……"她再一次重复同样的话语，"是谁我也不好说，不过他似乎是碰巧路过的，他替我吼那人道：'你干什么呢？'"

"哇，听上去很厉害呀。真好，碰上了个勇敢的人。"佐久间身边的女同学们叽叽喳喳道。

"然后,他就狠狠揍了那个人,替我赶跑了他。我这才得救了。"

"哟,那可真是个白马王子。"久留米这番评论也不知算得体还是不得体,总之整个班里是炸了锅了。

"嗯,可能是吧。虽然我感觉挺意外的。"佐久间答。她的反应并不夸张,态度平淡而自然,那演技也算是绝了。她的话尾又再次含糊起来,显得意味深长,视线随之再次瞟向教室中间。于是以久留米为首,班上的同学们自然也开始琢磨起来:她那眼神是不是另有用意?而眼神的另一端,正是身体略微前倾地坐在座位上的草壁。

跟草壁有什么关系?每个人一定都在思考这个问题。

当事人草壁则按照安斋事先给出的指示,夸张地翻开课本遮住脸,俨然一副想"装出跟自己没关系"的模样。而他的右手上还缠着绷带,生怕别人不往那儿看一样。

我拼了命地忍住笑。

一天前,在公园里,安斋对我们解释"谣言行动"是怎么回事。

"不是都说吗,敌人的敌人就是朋友。反过来,还有这么一个规律,'喜欢的人所喜欢的,就是自己喜欢的'。"

"不明白是什么意思。"

"简单来说,就是这么回事:土田和久留米老师都很认可佐久间吧?那么,如果佐久间认可草壁呢?会怎么样?"

"你是说,土田和久留米老师也会变得喜欢草壁?"我讶异地说道。

"会不会变得喜欢还不好说。但是，稍微改变对他的看法还是有可能的。我们来造个谣吧，就说他从变态手上保护了佐久间。他们会改变对草壁的看法。"

这能顺利吗？起先我还半信半疑。事实却是，一股微妙的疑云渐渐在班级内密布。

佐久间引人遐想的发言，端坐在她视线尽头的草壁，还有草壁手上的绷带，这一切都刺激了旁观者的想象。

"不会吧！""难不成？"——抱有这种想法的学生可能并不在少数，久留米或许也一样。

"谣言行动成功了。"

放学后安斋宣布道。班里的气氛虽然没有太明显的变化，但毫无疑问，"重新审视草壁的契机"已经种下了。

只不过在我看来，拯救了佐久间的是草壁这种事情一点儿也不现实，而手上缠绷带的伎俩简直就像是在表演小品，给人感觉实在是太做作了。可为什么大家就意识不到这是在恶作剧？为什么没有人笑？这真让我百思不得其解。

"那只是因为加贺事先了解整个计划，才会这样想而已，"安斋道，"班里同学可不一样，久留米老师也是，在他们看来，他们做梦也想不到，佐久间为了改善大家对草壁的看法，甚至不惜撒谎。她没有理由，也没人明白她什么目的。这如果是那种一眼就能看穿的恶作剧也就算了，事情背后这么复杂，就算他们感觉不对劲儿，也不可能想明白背后的原因。"

"哦，是这么回事呀！"我如此反应道。

当时的草壁心里一直在琢磨一件事——这绷带究竟要缠到什么时候？

"职业棒球选手要来。"学校公布这一消息，是在绘画行动失败，谣言行动刚获得成功之后。如果我的记忆准确，应该是这样。

职业棒球联赛已经结束，进入休赛期。

选手姓名公布之后，班里闹腾起来。我对棒球几乎一无所知，没想太多就问旁边的草壁："这个选手很有名吗？"而他则两眼放光地道："很厉害的，是得分王。"弄得我很不好意思。

这位得分王先生是球队的主心骨，有着活跃而充实的棒球生涯，可能也因此而心有余力，不久前他才刚刚出版了亲手为孩子们画的绘本。当时他为了做宣传而出没在全国各地，给学校捐绘本，办棒球教学活动。

我们这所小学，也不知是抽签抽中了还是地理位置好，或者是身为报社高层的土田的父亲从中出力了，总之不知道为什么，我们学校也被选到了宣传活动的对象名单里。

这位一流的棒球选手在体育馆现身的当天，就连对棒球不甚了解的我都激动了。演讲也很有意思，是关于他孩童时代如何下功夫不在课堂上睡觉、青少年棒球队的第一场比赛时由于过度紧张而朝着三垒跑之类的事情。可能是因为他没有讲大道理，自始至终都在聊过去的回忆，他的演讲小学生也能听明白。

唯一可惜的是天气不好，原计划的棒球教学活动取消了。

得分王先生并没把这事放在心上，聊到最后，他提到了"今天如果天晴，原计划要在户外教打棒球的，真是遗憾"，孩子们的口中则吐露出明显的遗憾和不满。就连平时从不坚持己见的草壁，都不开心地喊出了抱怨。

校长和老师们都站起来了，高声让学生们安静，但抱怨仍在继续。得分王先生忽然提议说："哎，那明天会不会放晴呢？如果明天上午是晴天，我就来。"

孩子们的掌声不断。草壁也惊讶了，快活地拍着手。我呢，则在想"如果明天下雨了他又打算怎么办"这种多余的问题，安斋更是考虑起了毫不相干的事情。

"好，就这么办。"他说，"我们去求求那位选手。"

"求他？为什么？"

"为了下一次行动啊。"

安斋也没管我的手忙脚乱，而是自顾自地行动了起来。

演讲结束后，他一直等待得分王先生从校长室出来，然后追了上去。我弄不清楚状况，只能被安斋拽着跟在他身后。

看到他在校门口上了出租车，我已经放弃了，心想肯定是追不上了。可安斋却喊道："在红灯前面停下了！"说完就在大雨里奔跑起来，我也慌忙跟了上去。

我们跑到马路上，脚踩着水洼，朝出租车跑去。我们对着车后窗呼唤选手的姓名。因为感觉拍车窗有点儿太过了，于是我们便挥手。雨水淋湿了我们的头发，俩人拼命地高声呼喊："××先生！××先生！"连我们自己都有些不确定了，好像我们就是这位选手的狂热粉丝。就在我们快要放弃的时候，车门打开了。得分王先生在车里对我们说："怎么回事？先上车。"我们则因为感激而湿了眼眶。

"究竟是怎么了？"得分王先生是一个人。在学校里时还有一名男性跟他在一起，不知是球队的人还是绘本出版社的人，不过那人好像没上出租车。我俩一股脑儿都钻进了后车厢，坐到选手身边。驾驶员不带感情地说了一句"关门啦"，随即就发车了。

"你们用不着这样追上来，你们的学校，明天我还去呢。如果天晴了，我就去教打棒球。"

职业棒球选手我们以前只在电视上见过，现在，那庞大的身躯近在眼前，我们有种被压制的感觉。我甚至感到眩晕，原来职业体育选手的气场是如此强大。

"就是为了那事。"安斋的声音坚毅，"关于教打棒球，我们有事想求您。"

安斋所考虑的，是一个比夭折了的绘画行动更大的计划。他居然要把职业棒球选手都牵扯进来。

"请您表扬一下我们的同学。"安斋直入主题，直到那个时候，我才终于能够想象出他灵光一闪的计划究竟是什么。

"表扬？"

"明天，您教棒球的时候，我们班上有一个男生叫草壁，您看见他挥棒时，请您表扬他一声，说他'是块儿材料'。"

"这……"那名职业棒球选手在说话的同时，似乎还试图在脑子里厘清原委，"是为了那位草壁同学好？"

"您可以这样认为。"安斋的回答模棱两可。因为严密说来，这并不算是为了草壁。

我想象第二天教打棒球时的情形。草壁挥动球棒，久留米感觉他"好像挥得不怎么样"。他将再次断言："这草壁，果然是干什么都不行。"也有可能他实际说出口的话会是"草壁那个挥棒姿势不行"。就在那时，选手走上前去，点评道："你是块儿很好的材料。"

结果怎么样？成见被完全扭转。

这应该就是安斋的计划。

"那个……他叫什么来着？"

"叫草壁。"

"草壁同学，他打棒球吗？"

我和安斋面面相觑。虽然他看上去挺喜欢棒球，但我们并没一起打过。

"这不太清楚。"

"你们刚才如果带草壁同学一起来就好了。"

"反正，总之，我就是想请您夸夸草壁。"安斋道。我们身上背着已被雨淋湿的书包，车内也因此而拥挤，不过那位职业棒球选手却没表现出不耐烦,只微微苦笑了一下:"当然,夸他是可以的。"

"是可以的?"

"但我不能说谎。是不是这块料,是很重大的判断,我不能乱说。"

"是不是这块料,我觉得谁也说不清楚的呀。"安斋坚持不退让,"所以,也不一定就是乱说。"

那位职业棒球选手露出为难的神情,或许他最终还是放弃了向面前的小学生教授残酷的现实。"我毕竟是职业选手,多少明白一点儿。是不是这块料,有没有才能,都是一目了然的。"

"那,只要稍微夸一夸他就可以。"安斋又退让了一步,直到对方表示"好吧,那不是什么难事"之后,才终于显得放心了些。

之后,我们就在安斋家附近下了出租车。职业棒球选手语气温和地对我们说:"那么明天见。"

出租车离去后,我们朝家里走去。那是我头一次经过安斋家的那栋住宅楼,也是最后一次。"拜拜,我家就在这儿。"安斋说完便顺着台阶上楼去了,我目送他,也没什么特别的心思。这栋楼的房间看上去很小,即便是客套话也很难用得上"气派"两个字,相反甚至让人觉得父母带小孩居住有些太挤。玄关的门上贴着胶带,似乎是用来加固的,还靠着一辆锈迹斑斑的自行车,仿佛一头即将饿死的驴。安斋打开门锁进屋的背影,看上去特别弱小。

我的心被一种孤独而柔弱的情绪所侵占，仿佛肉体和皮肤都脱落了，只剩下一颗光秃秃的心脏裸露在外，好似被胡乱拨动的琴弦一般在风中震颤。

棒球教学的那天是个晴天。"全因为你们平日里表现良好。"校长又说起了他的老一套。我很疑惑，为什么大人们总爱这样讲呢？反正，那天是个特晴朗的日子，和头一天截然相反。

上午的两个小时里，自愿参加的孩子们都手持球棒去往操场，遵从那位选手的指示进行挥棒练习。

有几个班主任老师，可能是对自己的技术挺有自信，也跟着孩子们一起挥舞起球棒来，久留米也是其中之一。平时他总是表情严肃地划拉粉笔，体育课顶多也就吹吹哨子，没给人留下任何擅长运动的印象，那天却也展示出他优美的挥棒姿势，看来说自己学生时代曾是棒球队知名人物的事情并非吹牛。

"久留米老师好帅呀。"女生们发出尖叫，我和安斋互看对方一眼，也不知为什么心情就别扭起来。

安斋跟我是差不多的水平，那挥棒姿势实在拿不出手。练到一半，他忽然说："加贺，你说大家这样一齐在操场上挥球棒，是不是有点儿怪怪的？"

"感觉像是一种新式体操。"

"大家一起挥棒,看起来好像在人力发电似的。"

得分王先生应当是个做事认真的人,并不是装作指导而实际只来回走动意思一下,而是观察每一个人的姿势,在手肘和膝盖上指指点点,给出细致的建议。

一个小时过去了,他终于走到了我们所在的那一片。

注意到我和安斋之后,得分王先生的神情有些动摇。他意识到了,我们是前一天钻到出租车上的两个人。他面露笑容仿佛在打招呼:"昨天辛苦你们啦。"然后他对我说道:"怎么样,挥一个我看看?"

我"嗯"地点头,举好了球棒。"嗯什么嗯,要说'是'。"有人在一旁纠正。我一看,是久留米站在那儿。他就站在得分王先生旁边,一身运动服还挺像那么回事,看上去就像个教练。

"是。"我连忙改口。我的挥棒不怎么样,得分王先生却没有笑。"下巴再收一点儿,"他建议我道,"想象你的身体正中央有一根棒子撑着。"

"是。"我回答,然后再挥棒。我自己并没感觉出什么变化,却得到了他的夸赞,"嗯,不错不错"。安斋跟我的待遇差不多。

然后——安斋终于开始朝着他真正的目标迈出了步伐。

"久留米老师,草壁那个姿势,你觉得怎么样?"他问道。

久留米被这出其不意的一问弄得有些惊慌,表情随后又恢复了冷静,仿佛在问:"草壁有什么问题吗?"甚至让人感觉他连草壁在场这件事都早已忘记了。

草壁所在的位置离我们稍微有一点点远,随着得分王先生的靠近,他的脸也变得通红,似乎很紧张。

"来挥挥看。"得分王先生对他说。

草壁点头。

"别光点头,好好回答。"久留米在旁提醒道。

草壁挺直了腰板,用带着颤抖的声音回答:"是。"

一阵慌乱过后,草壁挥动了球棒。那架势连我都看不上眼,身体平衡也不好。由于他仅凭手腕挥棒,看上去总觉得力量有些薄弱。

"草壁,你又不是女孩子,那姿势算怎么回事?"久留米的声音不大,但沉稳,周围听得很清楚。附近的孩子们嘀咕道:"说草壁像女孩子呢。"也不知是土田还是什么人,还讥笑道:"真是太逊了。"我听见了安斋咂嘴的声音。久留米的话虽可能并非故意,不过确实如安斋所言,就因为他的那些发言,其他孩子都认为"可以不把草壁放在眼里"。

安斋目光锐利地抬头看向得分王先生。"草壁挥得怎么样?""草壁"这两个字他念得掷地有声,仿佛为了提醒对方自己昨天的请求。

得分王先生的眉头微微下垂,咧嘴笑了。可能他也在想,要夸赞这种挥棒太过困难。

"好吧,那草壁,你再挥一次。"久留米再次开口。而安斋则高声道:"老师,你别说话。"

久留米听到安斋针对自己带有敌意的话语,转头朝他望去。那感觉,就像是在仔细地确认指向自己的长矛所露出的锋芒,并不能看出他是否不高兴。

"因为老师那样讲话，草壁会紧张的。"安斋的眼神里充满了力量，撕扯着嗓音。

"这种事有什么好紧张的。用得着紧张吗？"

"老师，"真亏得当时的安斋一点儿都不畏惧，还能继续说下去，我十分佩服。"请你不要再那样说了，好像草壁什么都干不好似的。"

"安斋，你瞎说什么呢？"

"我不指望你对每一个孩子都抱希望，但总被你当作没用的学生，谁也受不了。"

或许安斋已经下定了决心，要在这里分出个胜负。他站出来的那一刻我就明白他已经有所觉悟，但我自己还是忐忑得很。

再说回那得分王先生，也不知他是过于开朗还是反应迟钝，他似乎并没在意安斋和久留米之间迸出的火花，而是走到了草壁身边，说道："再挥一次看看？"

"是。"草壁点头，又摆好姿势。他看起来不像刚才那般僵硬了，两腿分得也不错。

"那些成见，"我在心里念叨，"希望你用那根球棒全都击碎。"

草壁当场展示出职业水准的完美身姿，震惊了在场的每一个人，然后一跃成为校园里的红人——我当然没有期待这样戏剧性的情节发生。不用说，那样的事情也没有发生。草壁的再次挥棒，虽然跟之前不成样子的那次相比要好上许多，但还不到令人瞠目结舌的程度。

我看向安斋，他仍然抬头仰视着得分王先生。

得分王先生抱着胳膊，盯着草壁，说："再挥一次试试。"

草壁再次点头，挥动球棒。力道虽不大，但还是能听见空气被割裂的声响。

"你，喜欢棒球？"得分王先生问，草壁刚想点头作答，又马上添了一句："是。"

"是不是常常练习？"

"偶尔吧，只是看比赛的时候，在屋子里。"草壁小声回答道，"那种正经的练习还没有过。"

"是吗？"得分王沉默了一会儿。他扭过身子，看了一眼我和安斋，又跟久留米老师的视线相对。然后，他替草壁调整了手肘和肩膀的位置。

草壁再次挥棒。

连我都明白，现在好太多了。同一时刻，得分王先生喊了一声："很好！"那声音魄力十足，仿佛能撕裂一颗巨大的、透明的气球。四周学生的注意力都集中到了这边。

"等你上了初中，可以进棒球队。"得分王先生说，然后，他道出了我们所期待的那句话，"你是这块料。"

身边的景色一下子明亮起来，安斋一定也是同样的感觉。白色的光辉，从我们的身体里直射了出来。那感觉像是付出有了回报、目的终于达到，血液一直冲到指尖，让人感觉到充实。

草壁的眼睛瞪得溜圆，眼皮子不住地眨着，说："真的吗？"

久留米的表情是什么样子,我没看到。或许我看到了,但到如今已经忘记了。

"我可以成为职业选手吗?"草壁的脸涨得通红,那一定不是因为羞耻,而是因为极度激动的情绪。从久留米站立的方向传来发自鼻孔的嗤笑,也是在同一时刻,或许他说了什么贬低草壁的话。

"老师,草壁说不定是一块打棒球的料呢?当然,也可能不是。但是,请你停止你的自以为是。"

"安斋,你为什么要那么气势汹汹的?"久留米很冷静,神情淡然。

"草壁同学,你可以去认真地打一打棒球呀。"不知何时,佐久间已经站在了我们身后,"你瞧,你这可是得到了职业选手的认可。"

草壁十分有力地点了点头。

我忐忑地看向得分王先生,但是出乎我的预料,他的脸色居然很好。他是觉得既然已经答应了我们,就干脆不管不顾了,还是他从老师跟安斋的对话判断出,当下应该撒个谎比较好?若都不是,那就是真的看出了隐藏在草壁身上的实力?不不,说不定这名豪放磊落的击球明星根本就没想那么多。当时他面朝着草壁,又添了一句:"是呀。只要你肯努力,一定能成为一名好选手。"

那个时候的久留米仍然保持了冷静。"非常感谢您,肯那样鼓励他。"他朝得分王先生行礼道。"草壁,你小子,可别当真了，"他又对草壁说，"人家这是客套呢。"

可能他这番叮嘱的语气听上去很幽默吧，有几个人笑了。要说气氛有所缓和，也确实是缓和了，但我心里却很不服气——至于特意那样讲吗？

"可是，老师，"就在那一刻，草壁开口了，"我——"

"草壁，你什么你？"

"老师，我，"草壁缓缓开口，"我，不，那么觉得。"他说得很坚决。

我看见安斋一下子放松了，露出了笑容，但那笑容又很快看不见了。为什么呢？因为我也龇牙咧嘴地笑了起来，笑到眼睛都睁不开了。

棒球教学结束后，学生们没有回教室而是在操场就地解散。记忆里的情形是那样。孩子们集体鼓掌欢送得分王先生，然后是校长讲话。再然后大家都各自回家了，但我和安斋继续在操场上停留了一会儿。

远远望着草壁主动做着挥棒练习，我们不禁赞叹"真别说，草壁的挥棒确实挺好"。这或许也正是由于"连职业棒球选手都夸他了"这一先入为主的想法。我们甚至还瞎操心起来："要是他一早就开始正规地打棒球就好了。"

"真挺神奇的。"从那天开始，草壁就像得到了灌溉的植物一般，一下子获取了活力，连话都说得更清楚了。"明明只是得到了一点点表扬，但我却特别开心。"他笑道。

"草壁，你小子，如果以后真成了职业棒球运动员……"站在一旁的安斋开口道。

"我怎么可能成得了。"

"这种事情，谁也说不好。"安斋严肃地对他说。

"反正，如果你真成了职业选手，到时候你要对着电视给我们比画比画。"

"比画什么？签名吗？"

"不是签名。"安斋说着，伸出了两根手指，身体也动了起来，一会儿比画剪刀手，一会儿又做些说不上是什么的动作。

"你这是干吗呢？"草壁停止挥棒，问道。

"假如将来你成了职业棒球选手，是要大显身手的嘛。"

"只是打个比方哟。"我笑着说。

安斋却神情严肃地说："到时候，估计我们就不能像现在这样每天都见面了，所以，你就对着我们打手势吧。"

"手势？"

"比如，打出好球的时候，"安斋做出洗脸的动作，然后又朝前方伸出两根手指，像是要戳瞎谁的眼睛似的，"就比如像这样的动作。"

"这动作，有什么含意吗？"这话是我问的。

"意思就是：'把脸洗干净，用你们的眼睛给我看清楚了。'

这个手势就是在告诉我们，草壁没有输给大人们的成见。"

哦，原来是这样。草壁眯起眼睛在一旁听着。

"估计到了那个时候，成了职业选手的草壁也很忙，恐怕早就把我这种人给忘记了。"安斋道。

当时，他小学一毕业就搬家的事情是否已经决定了呢？

"不可能忘记的。"草壁说得很肯定，安斋却只是歪了歪头。

"如果到时候久留米老师看到了电视，估计会很惊讶吧，"安斋说，"说不定还会难过地把电视关上呢。"

就在那个时候，我感觉到有人在看我们，慌忙回头。久留米就站在我们身后。安斋也露出了不妙的神情，但并没多加辩解。

久留米一定听到了我们的对话，但他并没有追究。针对安斋的长篇大论，他说了些泼冷水的话，仿佛例行公事一般，至于内容我记不清了。

我又看向草壁，见他对久留米的话似乎全不在意，我放心了。得到职业棒球选手的褒奖，或许对他产生了安斋所说的那种"教师期望效应"的影响。那时候，可能是我第一次觉得想要快些长大成人。

五年前，草壁百忙之中抽空偷偷回了一趟老家，我跟他在居酒屋见了面。"小学六年级那时候，要不是因为有安斋在……"他喝醉了，这句话重复了好几遍。

小学毕业后，大家都觉得升上同一所初中是理所当然的，安

· 53 ·

斋却突然转学了。他没打招呼，就那么突然地消失不见了。起初他还寄贺年卡来，他在某一年的卡片上说换了一个姓*，再往后便没了音信。

过了很久以后我才知道，安斋的父亲因为长期服刑而脱离了社会。他是某个案子的凶手，那个案子曾备受社会关注，因为牵扯到人命，一段时间里媒体也报道得很频繁，安斋和他母亲因为这件事情才辗转移居各地。

"对了，成人典礼上我遇着土田，他还说呢，"我说道，"他说在东京闹市区见到过一个人长得很像安斋。土田好像已经不记得'安斋'这个名字了，他说的是'六年级时候的转校生'。"

"也不知道他见到的那个人什么样子。"

"据说怎么看都像个地痞流氓。"

"安斋？成了流氓？他认错人了吧？"

"用土田的话说，他爸是罪犯，他走上歪路也是当然的。"

"是吗……"草壁的尾音拖得很长，然后又继续道，"我可不这么认为。"

这句话如此自然地从他嘴里说了出来，我注意到了这一点，但并没就此发表意见。

"也不知道安斋现在在做什么。"草壁在喝酒时不断重复着这句话。只不过，他一次也没说过"想见他"。我也一样。我有种奇怪的预感，仿佛一旦说出这句话，就再也见不到他了。或

---

* 日本采用婚后妇随夫姓的制度，孩子更换姓氏，可能意味着父母离婚或者母亲再婚。

许我想告诉自己,想见安斋,并不是一个只在嘴上说说、能否实现却不得而知的愿望。

如今的我成了一个上班族,为生活拼尽全力,被肩头的工作压得疲惫不堪,因为跟恋人的争吵而耗费心力,但也时而会深感幸福地度过每一天。我几乎不曾怀恋过小学的那段时光。

偶尔,出门忘带伞被雨淋湿时,我会想起背着书包、湿了头发、朝着停在路口的出租车奔跑、呼喊着棒球选手姓名并拼命挥手的自己,还有我身边的安斋。

她并不慢

现　在

"柯里昂阁下，为什么这世上有人擅长运动，又有人不擅长？"

"这并不是说哪一类人就比另一类更高贵。"

"可是，如果跑得慢就会被人瞧不起。"

"有人瞧不起你？"

"尤其是那些女孩子都瞧不起我。"

"还有这种女人？"

"是的。"

"那，就都干掉。"

说完，悠太"扑哧"一笑，我也咯咯地笑了起来。体育课上，我俩正坐在操场一角，我们和其他同学隔开了一段距离，俩人偷偷讲着话。我没看过《教父》那部电影。听悠太说，影片开始时，有各种各样的人去求黑帮老大柯里昂阁下办事。柯里昂阁下很有威信，值得信赖，看上去他能轻松解决我们的烦恼——悠太说。遇上烦心事时，我俩常常就玩"求您了，柯里昂阁下"的游戏，借此舒缓心情。

号令响起，他跑了起来。看上去跑得真快，或许是日照太过刺眼,那速度甚至伴随着光辉。和他一起跑的男生们渐渐被甩开很远。女生们站在不远处,观望着他奔跑时矫健的身姿。

"柯里昂阁下,看来还是跑得快比较受欢迎。"

"好吧,那么……"

"是。"

"干掉他。"

我们的视线落在刚刚拿到手的五十米跑的成绩条上。上面的数字明显低于小学五年级男生平均数值,这更使我们感觉到自身存在的渺小。

"司,你比我快,挺好的。"悠太这样对我说,可那只不过是仅仅零点二秒的差距,矮子里面选将军而已。

"悠太,你头脑好。"

"头脑好又怎么样,在班上也不起眼。"

悠太是否打算考个好点儿的初中?这事我虽然挂心,却没有问过。备考要上辅导班,得花钱,我打一开始就决定去念公立初中。这件事也不算是我决定的,而是早已注定了。我听说,整个年级大约一半以上的人都打算自己备考,一想到自己将在没有悠太陪伴的状态下度过校园生活,我就感到心中不安,仿佛身上开了一个洞。

"要怎么做才能跑得快呢?"

"有些东西是天生注定的,没什么办法。那是遗传呀,遗传。"悠太感叹道。

"漫画里不是常有那种,主角其实一直在腿上绑着沙袋之类的桥段吗?"

"你说像短笛的斗篷那样的?"

《七龙珠》里的短笛,平时穿着很重的斗篷修行,每到战斗的时候就把它脱掉。斗篷掉落在地,"咚"地发出一声难以置信的闷响,短笛才终于开始发挥真正实力。

我真希望自己身上的某个地方藏着一个按钮,按下按钮时,碍事的躯壳就会剥落,万能的我随之现身。

未　来

"老师，小学时体育不行实在是太致命了。"我坚决地主张道。

对象是在小学五年级开始直到毕业的两年时间里，做过我班主任的矶宪。那时候他才刚毕业不久，好像一个年轻的大哥哥。如今，他已白发苍苍，是个威严十足的老师了。"矶宪"是从他的姓名简化来的绰号，像这样跟他面对面时我总忍不住以此称呼他，不过现在我也懂得了社会人的规矩，知道这样有失礼节了。

"过去的确是那样。小学时体育好的孩子受欢迎，到了初中就是幽默的或者长得好的，高中呢，就那些时髦的受欢迎。都是那样的。"

"这话老师以前也讲过。那时候我跟悠太在走廊上混时间，说讨厌运动会，正好碰上您路过。"

"悠太？好久没听过这名字了。"

"您还记得？"矶宪在那之后肯定还带过许多班级，面对过许多学生。

"不敢说所有人的名字都有印象，不过还真记得他。"

"您还记得像我们这样不起眼、不积极的学生？"

矶宪笑着说道："跟起不起眼没关系，只不过是你和悠太的事我记得很清楚而已。那应该是五年级的时候吧？我记得有一场接力赛跑。"

"嘻，"我苦笑，"悠太其实没有跑。"

"是吗？你俩总是形影不离。"矶宪眯起了眼睛。

"那真是一段美好的记忆。我永远也不会忘记。"

告诉你们一件事吧，千万不可以说出去——五年级的时候，走廊上，面对我和悠太，矶宪曾如此说道。仿佛他要告诉我们的是这个世界的终极秘密。

"长大以后，最受欢迎的，并不是那些跑得快的人。"

"真的？"悠太问道。

"需要全力奔跑的场合本就不多，而且说白了，几乎也没有机会向别人展示你跑得快。"

"那变成大人以后，什么人最受欢迎？"

矶宪两眼放光地说"是那些有钱人"，我们就嘀咕了一声"不会吧"。有钱人最厉害——这在儿童故事和漫画的世界里应该是绝对不允许存在的事情。矶宪微笑着，又补充道："不过，只有那些不骄傲自大的人，才能最后胜出。"

"不骄傲自大？"

"骄傲自大的家伙终将失败。"

"老师，我们可没有骄傲自大。"

"等你们长大了，有钱了，出名了之后，也不要骄傲自大，那样才好。"

"我还说过那样的话?"白了头的矶宪问我。

"说过呀。托您的福,我没钱,也不出名,连骄傲自大的机会都没有,就这么长大了。"

听我这样说,矶宪的表情无言地松弛了下去。

"那时候,我跟悠太还经常说起呢。"

"你说的是小学的时候?"

"我们常说:'跑得又快,又不骄傲自大的近藤同学,简直无敌了。'"

"近藤……哦近藤修啊。确实,那孩子擅长运动,也不骄傲。他现在过得怎么样?"

"这还用问吗,肯定是受欢迎呗。"我说完,矶宪笑了。

现　在

五十米赛跑仍在继续。个头最高的近藤修刚跑起来，四周就响起了欢呼。

他是年级委员，对我们挺和善，外形看上去也不错。我虽然没有过要成为近藤修的想法——因为我明白这样想就是对自己的背叛——但我曾不止一次地想象过，近藤修在校园里一定是快乐地度过了每一天。

不一会儿，悠太抬起了头说："哎，那个转校生，也不知道她跑得快不快。"

一名女同学站到了起跑线上，她是在不久前，暑假刚结束时转学来的。她个头娇小，皮肤白皙，最开始跟大家打招呼的声音小得都听不大清。我记得很清楚，当时下面有人说了一句"声音听不清"，她就如同受了惊吓一般缩作一团。

"高城同学？也不知道跑得快不快。"这次是我说的。

跟男生相比，女生的迫切程度可能有所不同，但绝对还是擅长运动最好。大家会对你刮目相看，在班上感觉也舒服一些。我能感觉到，除我以外的那些同学，尤其是女生，此刻多多少少都在关注着这位叫作高城花莲的女同学。

"她要是跑得很快,这下子该轮到涩谷紧张了。"悠太说出了自己的期望。

涩谷亚矢是女生中的核心人物,擅长运动。她父母是做什么的不太清楚,说她是有钱人家的大小姐,或者父母都是黑社会,感觉都没什么不合适。

"司,你快看涩谷那表情,她担心得不行啦。"悠太对我说。

她一定很在意对方是否比自己更擅长运动,是否比自己跑得更快。

从结果来说,涩谷亚矢的担忧并没有意义。高城花莲的跑法是那种典型的不擅长运动的类型,哪怕不去看成绩也知道很慢。

"可惜呀。"悠太叹道。

"涩谷估计松了口气吧。"

"还有村田也是。"

让他这样一说,我又朝村田花看去。她正跟跑完步的高城花莲并肩坐着,表情仍和往常一样消极无神,但确实又透着一股说不上来的开心。

高城花莲转校来之前,村田花在班里总是孤零零的。换句话说,她身上没有比同年级同学优秀的地方,又是个不会叽叽喳喳跟着闹腾的女生。其实她跟我属于同一种人,不同之处,只不过是我有悠太而已。所以,高城花莲的到来,对村田花来说必是一种幸运无疑。

"柯里昂阁下,为什么要有运动会这种东西?"

"你遇到什么麻烦了?"

"抽签抽到了我,得去参加接力赛跑。"

"接力赛不都是选那些跑得快的吗?"

"涩谷亚矢提议说要抽签。"

"是那个女人啊。好吧,那么……"

"是。"

"干掉她。"

接力预选赛每个班级要出两支队伍。一个队四个人,总共就有八个人选上。擅长跑步的人选,很快就能找出五个左右来,但剩下的差距就不太大了。

我原先以为机械地按照五十米跑的成绩从上往下选便好,但轮到第六个男生时,他却突然说"我不想跑",事情也就随之复杂起来。继续往下选,到了再往下一位的男生,结果他也说"我不愿意"。也确实,大家的成绩差距都不大,"为什么那小子不跑就得我跑呢",他有这种抱怨也无可厚非。

"那干脆,二队的人选就靠抽签来决定好了。"没过多长时间,涩谷亚矢就来了这么一句,"A队是跑得快的,去争取胜利,B队想个什么目的呢?"

"留下回忆?"总是跟在涩谷亚矢身边的一个女孩子见缝插针地附和道。

"对呀对呀。"

"抽签有点儿太随便了吧?应该找一个大家都认可的办

法。"矶宪还算冷静,从容地说着,可涩谷亚矢却比他更沉着。"那,老师,我们就先用少数服从多数的办法,看看大家愿不愿意抽签决定吧?"她发言道,"用民主的方式。"

未　来

"老师，那一刻，我意识到了民主的缺点。"我对矶宪说。

"你觉得少数服从多数不好？"

"您看，按照速度排序本该加入 B 队的那些学生，他们一定抱着反正躲不掉的心情，选择抽签赌运气；而剩下的大部分人，之所以赞成抽签，是因为总那样选不出人来也挺烦。"

"或许吧。"

"这样一来，一些真正会难受的人，比如我和悠太，像我们这种一旦成为接力赛选手就难受得不行的少数派，我们的意见就没人在意了。"

"你们就那么不愿意？"

我记得很清楚。要求反对的人表态时，第一个举手的是满脸通红的村田花，她应该是打心眼儿里不愿意成为接力赛队员。哪怕她不擅长自我表达，也一定要反对抽签。高城花莲似乎受了村田花的勇气鼓舞，也躲躲闪闪地举起了手。然后是我跟悠太几乎同时举起了右手。再然后就是零零散散的几个人陆续举手，到底也都是不擅长运动的学生。不过要说少数服从多数，我们这边用不着数都是彻底失败。

"而且,你还真的抽到了参赛队员的签。"

"就是啊,老师。还有,村田也是。弱小的人总是这种命运。"我真想告诉抽到那支签后两眼一黑、满心绝望的小学五年级的自己——等你长大了,总有一天你会笑着聊起这些。

另外两个人,要说跑步速度也还行,不算快但也不慢,分别是佐藤同学和加藤同学。

"老师,当时您心里怎么想的?有没有觉得 B 队这么慢要坏事了,有没有心慌?"

"没呀,"矶宪耸耸肩道,"我只觉得,这下子人终于选好了,不错,可以放心了。"他笑了起来,身体随之颤抖,也不知道这番话有几分是真。

现　在

"柯里昂阁下，反正肯定是要输的，这还有必要训练吗？"
"有道理。"
"我琢磨着当天干脆得个感冒，请假好了。"
"嗯。"
"如果找爸妈商量，他们一定会让我多努力。"
"你妈妈会这样讲？"
"会。"
"那么，好吧……"
"哦！"
"怎么了？"
"我妈就不用干掉了。"
没有了往日那般愉悦的心情，我只能发出一些干笑。
"好想回家打游戏。"我走上操场，说道。
"就是呀。为什么放学后还得屁颠儿屁颠儿地来跑步呢？"
"悠太，你可以回去呀。"
"不。"
距离运动会还有十天，每个年级的接力赛队伍都开始了各自的训练。我们 B 队本就没打算要赢，极端点儿说，我们只求不受伤地跑完全程，这是唯一的目的，所以也不觉得有什么训练的必要，不过大家还是觉得，至少要确认一下交接棒究竟是什么感觉。

"只有我没有成为选手，心里虽然松了口气，但还是觉得怪过意不去的。所以我就陪你训练吧。"悠太说。可以把这些东西坦率而直白地说出口，是悠太的优点。

"也不是只有你。没参加接力赛的人还有很多呢。"

"我不是那个意思。我跟你之间，只有我，不是吗？"

其实我也不大明白，但听他那样说我还是很开心。高城花莲心里或许也有着跟悠太一样的别扭，她也跟在村田花身边出现在了操场上。

我们围绕着剩下的两个人，也就是男生佐藤和女生加藤反复做了交接棒练习，然后试着跑了跑。我们在一圈两百米的跑道上分散开来。真正比赛的时候，前三个人每人跑半圈，最后一名冲刺选手跑一圈，不过开始练的时候我们决定四个人一起跑完一圈，按着男生、女生、男生、女生的顺序跑。听说以前是定好了男生跑最后一棒，现在变成这样，可能是有人站出来呼吁过，男女要平等。

我是第三棒。从村田花手上接过棒子我撒腿就跑。我听说摆臂幅度要大些才好，于是就以从未有过的大幅度摆臂。就在我喘不上气感觉快不行了的时候，加藤出现在视野里，我把棒子交给她。

众人喘着粗气集合。

"嗯……"佐藤面露难色,"唉,也就这样了吧。"他看着身旁的加藤道。

"行吧。"她回答说。

跟他们的速度比起来,我和村田花明显慢了,给整个队伍的成绩拖了后腿,这是事实。但是,他们并没有针对这一问题表示不满,而是说:"我们呀,目标就是跑完全程不摔跤。"他们是好人。

至于不好的,另有其人,那就是在不远处训练的涩谷亚矢。她从我们旁边路过时说道:"你们没事吧?这么跑得被对手甩开一整圈吧?"她并未表现出嘲讽,而是装作一副关心的模样,让我们很是忐忑。

"要不,涩谷你到我们这边来好了。"佐藤道。

"那不行。那样的话两支队伍的速度都一般般,要全灭的。"

"就是。"另一个女生附和道。她就像在拍马屁,我心里很不开心,但只是低着头什么也没说,用鞋子踢着操场上的土。我明白我这才是没出息。

"哦,要不……"高城花莲在这个时候开口道。

"什么?"

"涩谷同学,要不你教教他们怎么跑?"她说道,"怎么样?"

可能高城花莲是为了村田花着想。虽然有些难以启齿,但她还是一字一句说了出来。

"我?"有那么一瞬间,涩谷亚矢显露了惊愕的神情,但转瞬就变为满脸的笑,不住地挥手,"不成不成。我呀,也不大懂得怎么跑。自己跑倒还可以,但教不了别人。"

"是嘛……"高城花莲的语气听上去很沮丧。从她的这种语气里,涩谷亚矢仿佛听出了某种责备的味道——当然我们这些人是没察觉——可能涩谷亚矢比较敏感吧,她追问道:"高城,你觉得是我不好?"

"啊?我并没有……"

"我老早就有感觉了。高城,你好像总是想对我说三道四?你是不是看我不顺眼?"

"没那回事。"高城摇头,"我怎么会……"

涩谷亚矢戏剧性地耸了耸肩,留下一句"无所谓"便离开了。

可能是因为当时的我们太过沮丧吧,高城花莲开口道:"大家一起练习,哪怕能更快一点儿也好呀。"她轻声告诉身旁的村田花,"我们试着调整一下跑步的顺序什么的。"她的声音并不大,可就是这样一句,让听力敏锐、感性又丰富的涩谷亚矢又停住了脚步,转身回来。"你那是对我有意见?"

"啊?"受到责问的高城花莲愣住了,"怎么会呢……"

"她不是那个意思。"村田花的回答不像是抗议,更近似于竭力辩解。

"她只不过是让大家好好练习而已。"我们B队里速度最快,但跟A队比起来又算慢的佐藤也站出来替她说话。悠太还是咕哝道："用不着动不动就生气吧？"应该不是受佐藤言行的鼓舞。

当时的氛围肯定不算好。可能涩谷亚矢也感觉到 B 队全队都表现出了反感情绪，我联想起历史漫画里出现过的那些农民起义，或许她也从这种苗头里感觉到了某种危机。

她带着愤愤的神情做作地叹了口气，问道："哎，高城同学，你从之前的学校转到这里来是因为什么？"

这算什么问题，我有些没反应过来。我一直觉得，转学如果有理由那就是家长的工作调动，这是犯不着问的事情，所以我不大明白她问出来目的何在。

"你问那些干吗呢？"悠太说。

还不就是父母工作调动呗，我心里想着，看向高城，却见她面色煞白。我不明原因，吓了一跳，还以为她要因为贫血而晕倒了。她偷偷地瞄着身旁的村田花，内心的动摇很明显。

这是一种被人戳中要害的反应，实际上，涩谷亚矢可能就是想瞄准那处要害。

"是躲到这儿来的吧？"她如此道。

"嗯？"村田花发出了微弱的声音，高城花莲的脸色越来越白，嘴巴仿佛缺水的鱼一般张合。

"是不是在学校受到霸凌，所以转学了？"

"啊？是这样吗？"涩谷亚矢身旁的两名女生表现出了夸张的惊讶，也不知她们是本就知情还是刚刚才听说。

"我问过我妈了。她好像听学校的人说的，这事保密。"

高城花莲不安的模样似乎使涩谷亚矢感到了满足，她转身离开了。

留下来的我们 B 队这些人沉默了，我们也不好直接去向高城花莲确认事情是否如此。村田花应该也是头一次听说，很受打击。悠太嘀咕道："这哪里保密了？"

高城花莲惊慌不安，仿佛旧病复发了一样。"今天我先回去了。"她很是过意不去似的说完便离开了。

"柯里昂阁下，有一个学生，因为受了霸凌转学来了。"

回家路上，只剩下我跟悠太二人，我开口道。

"是吗？"

"为什么会发生霸凌呢？"我问道。我和悠太都还没有过遭遇霸凌的经历。我们被人瞧不起过，但并未遭受过来自群体的伤害。估计年级里的那些学生心里还是有所区分的。

"霸凌的孩子不可原谅。"

"嗯。"

"好吧，那么……"

"是。"

"干掉他们。"

未　来

"涩谷亚矢，您还记得吗？"我问完，矶宪微微歪起头，像是在搜寻记忆。她是个引人注目的学生，在班级里也是骨干人物，我本以为他会印象深刻，这个反应却出乎我的意料。"哦，涩谷亚矢啊，是个不好相处的学生。"不一会儿，他有些怀念地说道，"其实像涩谷亚矢那样的学生，无论哪个时代都有，虽然可能不是每一年。他们头脑聪明，嘴巴也伶俐，有领袖的派头。"

"是吗？"

"所以，印象反而就没那么深刻了。"

"就像《哆啦A梦》里的胖虎跟《奇天烈大百科》*里的猪猩猩容易混淆一样，是那种感觉吗？"

矶宪笑了，说："猪猩猩能容忍别人给他取这么个外号，就已经代表他很宽容，是个能成大器的人了。"

"确实。"我附和道。

---

* 《奇天烈大百科》是漫画家藤子·F.不二雄在1974年至1977年间连载的漫画作品。

矶宪似乎又意识到了什么，说："这么说，似乎又冒犯到猪和猩猩了。"

"那时候我们跑去问您，老师您还记得吗？"

"还记得吗？还记得吗？我感觉好像在接受记忆力测验似的。"

"放学后，我们去找老师，问过您：'高城同学在之前的学校遭受了霸凌，所以转来了这里，是真的吗？'"

"我不记得怎么回答的了。不过我记得当时突然被问起这个，挺意外的。我是装糊涂了吗？"

我脑海里，矶宪当时的反应较为鲜明地留了下来。

"您问我们：'假如，高城真是遭受了霸凌的孩子，那又有什么不同？'"

"用问题来回答问题可不好。"矶宪苦笑，"你们是怎么回答的呢？"

"不记得了。"我笑了。确实，我并不记得当时我们回答了什么。只不过，让矶宪这样一问，我也觉得，要说有什么不同也确实没有。"老师，然后您还说：'如果她转校到这里是为了重新开始，你们就不想让她重新开始吗？'"

"以前我说话还挺中听的嘛。"矶宪的表情舒缓了。

"那场接力赛跑，您当时怎么看？"

"怎么看？什么意思？"

"有没有想过我们B队会垫底什么的？"

"哦，我当时觉得你们不会成为最后一名。"

"因为您指望其他队里有人摔跤？"

"因为你们一直在努力训练。"

"训练？是啊，我们连跑步姿势都下了一番功夫。"我感觉头顶上好像忽然有阳光照了下来，虽然现在明明已是夜晚。可能是因为我想起，小学时的我们在学校操场上每天反复训练时头顶的烈日，又或许，当时我们不顾一切的精神太过光彩闪耀。"高城同学专门去查了可以跑得更快的方法。"

现　在

我讨厌放学后的训练。我跑步本来就不行,也害怕被周围的同学嘲笑说"那帮家伙还在一个劲儿地挣扎"。我不知道实际上是否真的有人那样嘲笑我们,但我就是那么觉得。

"我查过了。"高城花莲说出这句话,是在第三次训练的时候。

"查什么?"

"跑得快的方法。"

我们聚在操场一角,高城花莲翻开笔记本。笔记本里密密麻麻的都是字,看上去像是她写的。

"高城,你的字真好看。"佐藤感叹道。

"真的耶。"加藤也点头。

面对突如其来的表扬,高城花莲"欸"的一声有些不知所措,很快她又回了一声"谢谢"。村田花也开心地点头道:"高城同学,你的字,真的好好看。"

高城花莲为我们准备了一个诀窍:"跑步的方法要因人而异。"

有人使用前倾姿势时比较容易发力,有人则适合后倾,重心落在脚后跟上,这里面,又可以根据身体的重心是在内侧还是外侧来分类。

身体重心靠后的情况下,相较于用前倾姿势起跑,不如让脚后跟着地,直接蹬地起跑更容易发力。

"对了,这里还有区分各种类型的方法。"

高城花莲尽可能地把这些都教给我们,或许她在家已经反复验证了许多次。区分身体类型的方法比较难,需要大家时而坐下时而站起,互相拉扯身体进行判断,我们也不确定这样的分类是否正确。但我们还是决定按照每个人的身体特性来练习摆臂和蹬地。没有被选为选手的悠太也在一旁看得津津有味,跟着一起跑。

一遍练习过后,为了检验成果,众人决定跑一圈试试。

高城花莲发出起跑号令,按下秒表。在那之前,像我们这样速度慢的队伍,感觉都不好意思去计算时间,像是装模作样,可那一次我却很想知道时间。跑步的方法变了,对速度究竟有多大程度的影响?

完成交接棒,在冲刺选手跑向终点的时候,大家都挤到了高城花莲身边。看到成绩后,我们"哇"地高呼起来。比起以前要快上许多。

"了不起了不起,"村田花激动地说,"多亏了高城同学传授的秘籍。"加藤也很高兴。

"哪里是什么秘籍,只不过是写在网络上的东西而已啦。"高城花莲连连摆手。

"哈，这下子运动会就很让人期待了。"佐藤说。

"那不至于吧？"我连忙接话道，"也没什么好期待的。"

"好，那我们再练一遍起跑吧？"加藤说完，看了一眼高城花莲。"那个，"她伸出手指，"是项链吗？"

"哦，这个啊……"高城花莲赶忙伸手摸着脖子。那里挂着一串细细的链子，伸手一拉，就从衣服里拽出一个挂坠一样的东西。"是护身符。"

"护身符？"

"嗯。很重要的。"高城花莲说着，紧紧握住了那个挂坠。

"那里面，该不会装了什么很重要的人的相片吧？"佐藤道。

高城花莲没有说是，但也没有否定，说："没有这个我会心慌，我也征得了老师的同意。"

我们发出"哦"的声音，并未再追究此事。因为我们已经得知她曾遭受过校园霸凌的事情，也觉得每当回想起不好的过往，还是有那么个东西陪在她身边比较好。

"喂，看你们聊得挺开心的，有没有好好训练？"背后忽然传来说话声，回头一看，原来是涩谷亚矢站在那里。

嘿，又来了。我差点儿忍不住说出这句话。

"刚才呀，多亏高城同学的指导，我们的成绩好了很多。"

佐藤是个没什么心机的实诚人，所以就那么如实说了。可我却感觉到，他那样说一定会招致涩谷的不悦。

果然，涩谷有些瞧不起人似的说："指导？有什么好指导的？"

"哦，我没有教，我只是去查了查资料，都是早就写好的东西。"

高城花莲始终保持着低姿态，边考虑措辞边回答。

我和悠太互相看了对方一眼。我能感觉得到，悠太仿佛在说"她真是烦"。

"自我感觉这么良好，看来你们是不会垫底啦？"

"你也用不着这么说话吧？"立即有人回应道，是我。

涩谷亚矢可能没想到居然会遭到我的顶撞，脸上写满了不快，眼角都吊了起来。"如果你们垫底，可得赔罪。"她语气坚决地说道。

"赔罪？跟谁啊？"佐藤和加藤异口同声地说。可那时候，涩谷亚矢已经跟其他女生一起转身往学校外头去了。

我们有些意志消沉，互相看着对方。不一会儿，也不知是谁提了一句："要不我们再练一会儿？"

"涩谷怎么回事啊，也太爱找碴儿了吧？"悠太噘嘴道，"她那样一定是跟父母学的。"

"是吗？"村田花问道。

"不好说，反正我看涩谷那种讲话的架势，不像是自己做出来的。肯定是跟什么人学的。"悠太的话逗笑了我。其他队员只是表示疑惑。

垫底就要谢罪，这是个让人难以接受的要求。不过可能人一旦有了目标，反倒会更投入地去努力。我们都不约而同地表示"一定不要垫底",在训练上付出了前所未有的精力。

"柯里昂阁下,有人瞧不起我们。"

"谁?"

"一个叫涩谷亚矢的。"

"是个女人?"

"是。"

"嗯,别理她就行。一定是个可悲的家伙。"

"柯里昂阁下,高明。"

"笑到最后的……"

"嗯。"

"是我们。"

回家的路上,我和悠太之间的教父式对话,听上去仿佛更顺溜了。

未　来

"老师，我们跑到教师办公室里哭的时候，您还记得吗？"

"我们，是指……？"

"我和悠太，还有村田花。"

"你们为什么哭来着？"

"看来您是不记得了？"我故意追问，矶宪显得有些愧疚。

"太过细节的事情确实……"他说，"你们还哭过？"

"在运动会过后。我们很气愤，去找老师抗议。准确点儿说，是村田花去抗议，我们跟着她。"

"哦，"矶宪的表情欢快起来，"我想起来了。很少见村田花哭得那么大声，还一把鼻涕一把泪地控诉呢。"

"对对对。"在一旁眼见着村田花那么执着，我和悠太也被带着哭了起来。为了保护高城花莲这个朋友，村田花一定是不顾一切了。"那时候，她还问老师呢，自己要是长成大人了，会怎么样？"

然后她接着说："老师，以前您不是还拿扑克牌做占卜给我们看吗？您给我算算。"

"她为什么要那样说呢？"

"估计，当时她所面对的尽是些难过的事情。所以可能在她看来，未来就是一片黑暗。"

当时，矶宪第一次被村田花的气势所震慑，只得安慰她"冷静点儿"，很快他似乎又意识到面前这些孩子是认真的，便点头道"知道了"。他"哗啦"一下拉开了桌子的抽屉。我们还没见过老师的桌子里什么模样，都很好奇，结果他从里面拿出了扑克牌。

然后，他就让我们那么站着，开始将扑克牌往桌上摆。他把牌分成几沓摆好，问了村田花的出生年月日，一边数数一边打散了那些牌堆。

"先说好——"矶宪的语气很严肃。

"嗯。"

"老师的占卜，可是一定会应验的。"他直勾勾地盯着村田花，"如果结果很不好，你怎么办？"

"没关系，"村田花当即答道，"现在已经够……"

或许她想说，现在已经够不好了。我反而开始紧张起来。

我不记得最后抽出来的是哪张牌了，但我印象很深，矶宪在回答时，一直盯着那个结果，盯着那张牌。

"怎么样？"村田花问。

"在笑呢。"矶宪最初的回答很简短。

"在笑？"

"未来的你在笑。"

"这算什么占卜？"村田花感觉自己的真诚被当成了笑话，

不高兴了。她语气里的愤怒，是从未有过的。

"通过占卜我知道了，长大成人之后的你在笑。怎么样，你能想象吗？"

村田花本打算回嘴，却把话咽了回去，沉默了。然后，她摇了摇头，问："老师，您什么意思？"

"或许现在的你在哭泣……"

"老师，她就是在哭。"悠太笑了。

"但是，长大之后的你在笑。这一定不会有错。"

村田花露出陷入沉思的表情。她咬着嘴唇，脑子一定转得飞快。"要怎么做，才能变成那样？"不一会儿，她又追问矶宪，"要怎么做，我，才能变成那样的大人？"

"用不着做什么。你就这么长大就行。"

"这算什么……"

"不好意思，这个占卜，是一定会应验的。"

后来，我和悠太也被问起了生日，但我们害怕让他替自己占卜，就退缩了。

"虽然，那时候，"我对矶宪说，"我感觉是被糊弄了。"

"我就是糊弄的呀。"

"不过后来，我年纪也大了，回头再想……"

"说什么年纪大了，你还年轻着呢。"

"我才觉得，不管现在有多艰难，只要想到未来的自己在笑，一定很受鼓舞。"

是嘛，矶宪安静地点了点头。

"那话是瞎扯的吗?"

"不好意思,那可是光明磊落的——"矶宪严肃地道,"如假包换的瞎扯。"

现　在

运动会当天十分晴朗。烈日当头，我仿佛能想象到在太阳下头顶着暑热和刺目的阳光，坐在塑料垫上的父母们皮肤正遭受灼烧。

教学楼那边搭了一排遮阳棚供来宾入座，不过他们看上去也挺热。我看还不如把他们头顶上的万国旗做得更大些，多少还能遮点儿日晒。

比赛项目接连进行，时间到了下午。随着接力赛开赛时间的接近，我能感觉到自己的心跳开始加快。

吃午饭时，妈妈问我："接力赛什么时间开跑？"我挺意外，还以为她感兴趣，结果等我说出时间那会儿，她似乎已经兴味索然了。

接力赛跑被安排为所有年级的最后一个项目。喇叭里传来"选手到赛场入口处集合"的广播时，我紧张到了极点，两只脚好像踩在棉花上，感觉自己正身处梦幻，脚尖着不了地，甚至连自己有多紧张都无法判断了。

我走到自己的起跑点，站好位置，周围是坐在椅子上的学生们。对于接力赛，我一直属于他们那一边，只不过是个观众，如今却成了参赛者，这让人感觉很奇妙。我想起了古代罗马的斗兽场。我感觉，自己得在观众们的注目下，拼死一战。

将我从云里雾里拉回到现实世界的，是不远处同样担任第三棒的近藤修。

"村田没事吧？"他一边做着热身的伸展运动，一边对我说道。

"啊？"

"你看，那边，她好像在看自己的脚呢。"

近藤修手指的地方，是我们的对面，大概半圈往后的位置。第二棒和第四棒从那边开始跑。但此时村田花脱下了右脚的鞋子，正摸着自己的脚腕。

"受伤了？"

"有可能。拔河时她不是摔倒了吗？"

我没见到他说的场面，不过看村田花的状态，这一定是紧急情况了。并非参赛选手的高城花莲就在村田花身边，轻轻摸着她的脚，显得手足无措。

好不容易——这个词从我脑子里划过。好不容易完成了那么多的训练。

号令响起。

接力赛开始了，明明我们这边还没准备好。

第一棒的佐藤跑了出去，他身姿矫健地跟上了第一梯队。半圈很快结束了，棒子交到了加藤手里。

咦？我在心里想。身为第一棒的佐藤心里一定也糊涂了。

因为接下来跑的本该是村田花。顺序什么时候变的？我能想象这是因为村田花的受伤，但把村田花换到冲刺的位置我觉得也没意义。难道加藤打算跑两次？我在心里琢磨。

等我回过神，负责老师已经在叫我。我按照指示调整呼吸站到跑道上，心跳剧烈到疼痛。回头看，加藤是第三顺位。每个班派了两支队伍参赛，所以一共六支队伍。第一顺位是我们班的A队。A队的近藤修接过棒子，蹬腿。一眨眼工夫他就跑远了，剩下了我。

就在我调整呼吸试图冷静的瞬间，棒子戳到了眼前。我的眼里只有加藤的那只手。伸手抓住棒子，我的心怦怦跳得厉害。周围忽然暗了下去，我下意识地直想往地上瘫，但是忍住了。我将重心放在脚后跟，蹬向地面，按照训练时的要领，在向后摆臂时开始发力。

视野很窄。我所跑的那条跑道仿佛一条铁轨，变得非常细。

身边的孩子们和家长们在欢呼。戴在他们头上的帽子、号码牌、手里的照相机，我只能看得模模糊糊。一切都在往身后流逝。我的脚拼命往地上蹬，却没有任何感觉。弯曲的跑道让我的身子也歪了。

我能隐约看见前方选手的背影。追上去追上去，我的脑海里满是自己声嘶力竭的呼喊。

我看见前方，近藤修将棒子交到了冲刺选手涩谷亚矢手里。他真快。我喘不上气，来不及后悔也来不及感慨，我看见涩谷亚矢纵身冲了出去，大吃一惊。情况有点儿不妙。

冲！我这也算不上什么鼓足干劲，就是拼。脑子似乎全都用在呼吸上了，什么都无法思考。我舞动着手脚，不顾一切地往前冲去。

只有一个想法，就是不愿被甩开。

进入直道，目的地就在不远处。

拿着棒子的手在下意识地搜寻村田花。

一定要交给村田，村田……我心里想着，却发现找不到村田的人影，不禁呆了。

村田花不在这里。

脑袋里充满了无声的混乱，当下的状况也完全搞不清了。

这是在开玩笑吗？此时是不是有人正因为我的困惑而大笑？

阴暗的想象充满了我的整个身体。

"这里——"就在那个时候，有人朝我喊话。

第四棒的位置上，高城花莲正在挥手。

为什么是高城花莲？她连选手都不是。

"这里！"

来不及操那个心了。她不顾一切地伸出了手，她是认真的，我也顾不上什么了，只知道要将左手伸过去。

接力棒递到她右手的瞬间，我直接趔趄地扑倒在了跑道上。我调整着呼吸，连比赛进展如何都顾不上了。周围忽然响起巨大的欢呼声，经久不息，我这才抬起了头。

高城花莲正矫健地奔跑。

遮阳棚下面手握话筒的播音女生兴奋地喊道："好快好快！"

我大张着嘴，没有动弹。

她的速度越来越快，一下子就赶超了排在第二位的选手，刚缩短了跟涩谷亚矢的差距，下一秒就轻松超越了她，如疾风般径直跑远。

"哇！"我只能傻乎乎地发出叫喊。

高城花莲跑过最后一个弯道，并没有减速，直接冲过了终点。

我连声音都发不出来了，几乎是连滚带爬地走到村田花身边，当然那也因为我刚跑完，腰腿无力。看到她手捂着嘴哭了出来，我就知道，对于高城花莲是飞毛腿这件事她也一无所知。

高城花莲并没有欢喜。她耷拉着肩膀，没精打采地走了回来，只说了一句"对不起"。也不知道是在为代跑道歉，还是在为一直装作跑不快的事情赔罪。不知道为什么，她看上去像是在害怕。佐藤和加藤还有悠太都跑了过来，接连冲着高城花莲说出感激的话，但她只是耷拉着肩膀。

后来结果怎么样？

我们丧失了比赛资格。

因为实际跑步的学生跟登记的不一样。当然，这不是什么正式记录，也不是什么大型比赛，只不过是一场运动会而已，找个人代跑本来谁也不会说什么，可涩谷亚矢就很在意。她一定是不愿意承认对我们的失败，所以才去计较。她跑去找老师强烈抗议不说，连她妈妈都到场，强行让自己的主张得到了通过。有一点也很重要，那就是即便取消我们队的资格，就各个班级的总分而言，整体胜负情况也并未发生改变。接力赛的排名稍稍改变一点儿，并没带来什么影响。

要说唯一的影响，可能就是从第一名跌落至丧失资格之后，我们B队的情绪问题这点事情了。

所以，村田花才会跑去办公室哭诉抗议。我和悠太也跟她一起去了，最后才在旁边观看了矶宪的占卜。回家路上，悠太开口道：

"司，高城花莲今天可真是叫人意外。"

"是啊。她竟然跑那么快。"

"真帅气。"

"哎，那不就是……"我高声道，"短笛脱下斗篷时候的感觉嘛。"

"就是。"悠太说完，又问道，"不过，她为什么要装作跑不快呢？"

我觉得，她的心情，我似乎可以理解一些。如果我跑得非常快，或许悠太就不会跟我一起了。而如果悠太跑步很快，我也会退缩，感觉自己很难为情。说白了应该就是因为这些吧。

运动会过后，众人对待高城花莲的态度稍微有了转变。同学们对她有些敬畏，但高城花莲也并未因此就成为班上的中心人物，仍然像往常那样跟村田花一起。

然后，运动会过后大概半个月，发生了一件事。

挑事的照旧还是涩谷亚矢，那是在扫除的时候。

"这个是谁的？"涩谷亚矢发声责难，只见她右手上正捏着一个首饰。

我和身旁的悠太不禁咕哝道："哎呀，那是……"

可能是不小心掉了吧。"对不起，那是我的。"高城花莲轻声道，随即上前两步打算拿回东西。

"喂，这种东西能带学校来吗？怎么能戴首饰呢？"

"那个，我事先征求过老师同意的。"高城花莲的脸在抽搐，手向前伸去，但涩谷亚矢却将首饰拿得更远，不打算给她。

"还给我。"

"这个，没收了。"

"可是，老师都……那是护身符。"

"什么护身符？"

"还给我。"

"你是不是应该说'请还给我'啊？"

"请还给我。"

"住手。"不知谁说了一句。很遗憾，并不是我。我在这一句之后也跟着说了声"别闹啦"。悠太也说："你就还给她呗。"

"跟你们没关系，闭嘴。"涩谷亚矢厉声道。

"怎么就没关系？"悠太回击，"不说那些了。你别那样。"

"那样是哪样？"

"就是找个人当作你欺负的对象。"悠太似乎是下定了决心，此刻他好像不打算让步。他那种自如的感觉，甚至让人感觉他是脱下了斗篷。

"我可没欺负谁。这东西不能带到学校来，就这么简单。凭什么因为这些，我就得被你们说成那样？就因为高城同学在之前的学校遭到了霸凌？成为别人霸凌的对象，搞不好自己身上也有原因呢？"

"没有。"一个冰冷的声音落在教室里。那声音听上去很是成熟，又十分恳切，我还以为是哪个不认识的人在说话。结果，声音的主人却是高城花莲。"受到霸凌，根本没有什么理由。很多时候，你根本没错，但别人就是要欺负你。"

我们都盯着她。村田花僵住了，一动不动。

"你到底说什么呢？"涩谷亚矢苦笑道，"我看呀，就因为你那个样子，才在之前的学校受人欺负吧？"她跟身边的女生互相点头示意。

"说来说去，这玩意儿，你这护身符里到底装了什么？"她开始摆弄起挂坠。

"你们就放过她吧。"村田花说。

涩谷亚矢当然不会放过她。"这里面应该是装了照片什么的吧？真硬，打不开啊。"她显得很不耐烦，当即把东西丢在地上，用穿着拖鞋的脚踩了起来。

惨叫声随之响起，是村田花，她又跟之前一样开始哭了。我也愤怒了，内心的柯里昂阁下正闪烁着锐利的眼光，几乎要怒吼着冲上去抓住涩谷亚矢。悠太一定也跟我一样。

但是，在那之前，高城花莲却说了一句："绝对不可以那样！"她的眼神里带着悲悯，仿佛在恳求对方，"我不骗你，你最好住手。"

"最好住手？为什么？会被诅咒？"涩谷亚矢从地上捡起挂坠，伸手摸了摸，"哟，终于打开了。"

眼见她残忍地破坏了别人宝贵的东西，还是那种若无其事的态度，我愤怒得浑身几乎要冒出烟来。但是我注意到高城花莲却很冷静，就也没有动。她很安静，显得有些落寞，还伸手制止了打算冲上去找涩谷亚矢的村田花。

"等到出事之后再后悔是没有用的。霸凌这种事情，绝对不可以。"高城花莲说。

涩谷亚矢故意装作没听到，"嗯……哎，这不就是照片嘛。谁的？"她用指尖从坏了的挂坠里夹出了小纸片一样的东西，打开来看。然后，她的表情僵住了，眼睛也随之瞪圆。"呀？"她说。

"现在你知道是谁的照片了？涩谷同学，你可是自己践踏了自己的脸。"

怎么回事？我看向悠太。过了一会儿我才明白，放在挂坠里的是涩谷亚矢的照片。为什么？

"涩谷同学，你会做出什么事情来，我很清楚。你会对自己看不惯的人做什么？你会怎么破坏对方最宝贵的东西？涩谷同学，我希望你明白什么是痛苦，所以才事先把照片放了进去。"高城花莲的声音很冷静，却在落泪。

"涩谷同学所做的事情我很理解，但是，这种事情是再也无法回头的。"

"你什么意思？"

"我曾经也跟你一样。"

"什么一样？"

"在上个学校，我也是班上的中心人物，横行霸道，看不起别人。我总以为自己才是第一。"

村田花的嘴巴张得大大的，我们一定也是一样。

"你骗人？"涩谷亚矢的问题，肯定是没问在点子上。因为高城花莲其实并没有主动欺骗什么。

我想起了矶宪的话。"假如，高城真是遭受了霸凌的孩子，那又有什么不同？"

假如，她是霸凌的那个呢？

有什么不同？

有不同。我当即觉得。一个人曾经让别人经历过悲惨的事，这个人就无法被原谅，我想。

矶宪的话又在我耳边响起。"如果她转校到这里是为了重新开始，你们就不想让她重新开始吗？"

高城花莲，她是想要重新开始吗？

后来，涩谷亚矢离开了教室，剩下我们这些人无言地继续扫除。村田花不知什么时候已经不在了。

"柯里昂阁下，霸凌的孩子可以被原谅吗？"回家路上，我问道。

"应该不能被原谅吧。"

"可是,高城花莲她很努力。"

"嗯。"

"接下来要怎么跟她相处呢?"

"你说我们?"

"不,我说村田花。"

"嗯。"

"她还能像从前一样跟她做朋友吗?"

"不知道。不过……"悠太继续说道。他的话,听上去还是很像《教父》里的谁曾说过的台词。"不要憎恨你的敌人。"

"啊?"

"不要憎恨你的敌人,那会影响你的判断力。"

"判断力?"

"嗯。"

未　来

"老师，您当然是知道的吧？"

我说完，病床上的矶宪就坐起身，回答说："你说高城在之前的学校做过的事情吗？那些嘛，毕竟是下达过通知的……"

高城花莲身为霸凌者，究竟做到什么程度？她的霸凌是否性质恶劣？被她霸凌的孩子最后怎么样了？这些我们都不知道。

"不过，我还是想了很多。"

"想什么？"

"哪怕现在，每当我看见新闻上说有孩子因为遭受霸凌而自杀，我都在想，加害者绝不可以原谅。"

"我也一样。"说完矶宪就笑了，也不知道那话有几分是真，"加害者拥有着幸福的人生，这我也无法接受。"

"身为一名教师，可以说这种话吗？"

矶宪又笑出了声。当初他面对转校来的高城花莲，怀抱了怎样的心情，又决定如何去面对她，我是一无所知。

"为什么，她要装作跑得不快呢？"

"不知道。可能她觉得，自己不能太引人注目吧。"

"难道她觉得，必须得做个像村田花那样不惹眼的学生？"

"你这话，对村田可不礼貌。"矶宪的眼角起了皱纹，"只不过，我反正是……"

"是什么？"

"我是一直觉得，高城花莲要是能幸福，挺好的。"

我回忆着当初的自己。从病房的窗户向外眺望，外面的树木正在风中沙沙作响。

和悠太的分别，来得很突然。那是在小学毕业之后。原因是我父亲的工作调动，说白了，都怪父亲公司的人事部，一声令下——去日本的南边，去冲绳——这有多粗暴？能若无其事地做出这种指示的公司该是个多么恐怖的存在，简直让我不寒而栗。起初我还跟悠太有书信上的往来，渐渐地，日子变得匆忙起来，加上父亲的人事部又仿佛乐在其中一般，接二连三地使出"人事调动"的绝招，我也就跟着四处搬家了。

这次之所以来见矶宪纯属偶然，只不过因为公司老客户那边有个熟人也是矶宪的学生。要不是这样，我也不会来见这位小学时的班主任。

"你没再跟悠太他们见面？"

"有时候我也会想，他们现在怎么样了呢？"

这并非谎言。每当我回忆起少年时代，那些场景里总会有悠太，他在对我说着"柯里昂阁下"。

"要不要看看这个？应该是去年寄来的吧。"一番话过后，矶宪拿出一张照片。

我心想，会是谁的照片？

照片上是三个年轻人。一男两女,正在冲着我笑。

并没花太长时间,我就意识到那是悠太。

"这好像是悠太结婚时的照片。你知道他跟谁结婚了吗?"

"该不会是……"

"是村田。那不就在照片里呢。"

"是这个?"让他这样一说,那人确实有点儿村田花的感觉。那么另外一名女士就是……我在想,从长相上看不出是否留有以前的痕迹,再加上又化了妆,我无法判断,只是一种猜测。

看到他们在照片里笑,我也开心起来,他们从小学开始到现在都一直保持着亲密的关系,这让我感到幸福。同时我又意识到,他们共同拥有的那些时间里,我并没能参加进去,孤独包围了我,我身体上仿佛出现了一个大洞。

当初那个时候已经无法再回去,这种理所当然的事实摆在面前,我心中却感到痛苦。

"你为什么哭?"矶宪问我。

嘿,柯里昂阁下——我呼唤着。

"你怎么了?"

为什么眼泪止不住地流?

"嗯。"

他不是擎天柱

非人乙丶乚ㄣ

他不是擎天柱

听见有东西掉落在地的声音,我的胃一紧——又来了。

正往黑板上抄写题目的久保老师转过身来。

骑士人像没事人一样捡起文具盒,那是铁做的。他根本不觉得愧疚,没有为自己造成的巨大声响道歉的意思。那是当然了,他是故意的。

久保老师似乎想说什么,但还是选择了继续板书。

结果另一个位置又有文具盒掉了下来,发出撞击地面的声音。

就在久保老师转身的瞬间,又一个文具盒在别处掉落。

令人生厌。

我明白骑士人那帮家伙在以此取乐。他们扰乱课堂,看着久保老师为难,他们感到愉快。

随便你们想干什么,但课上不下去可就害到我了。骑士人那帮家伙在外面上的是重点辅导班,早瞄准了要考的初中,一直在提前学后面的内容，他们当然不在乎。

但换作我们可受不了。

"注意别再掉地上了。"久保老师说。

形容枯槁——有人查出了这么个词。我查了字典，上面说指人面容憔悴没有精神，说的就是久保老师。他还年轻，却根本没有朝气。他大学刚毕业，今年刚到我们学校赴任，小学教师的经验为零，简直是靠不住的老师里的模范老师。

"新手教师，一开始应该去带更低一点儿的年级。"不久前妈妈曾这样咕哝过，"话虽不好听，可他看上去根本靠不住啊。带五年级的学生，能行吗？他那个样子，孩子们不会放在眼里的。"

我想告诉她，早已经没把他放眼里了，但是忍住了。

"最开始开家长会的时候，我可是吓了一跳。"

"为什么？"

"一开始倒还好，会开到一半他突然不作声了。"

"怎么能那样？"爸爸皱起眉头。

"估计是因为会场里不光有学生妈妈，有几个学生的爸爸也来了，他害怕了吧。"

"什么什么？那也太……"

"为什么还是高年级的班主任……我觉得孝雄的老师都比他靠谱。"

我弟弟孝雄读二年级，班主任是一名年轻的女老师，不过看上去确实比久保老师有劲头得多。

这个孝雄对我和父母的谈话好像不感兴趣，一直在拿平板电脑玩游戏。我都羡慕他，能优哉游哉真是好。

"嗐，说是学校，其实就跟公司一个样。总得把人安排到什么岗位上。员工就那么多，也不能说谁优秀谁就同时负责好几份工作。有地方出问题也是必然。"爸爸不管什么时候，不管说什么都好像在生气一样，"最近动不动就说什么体罚啦，暴力啦，闹得那么凶，老师也不好当。我们小时候动不动就挨揍。小孩子就是那样学乖的。"

"你那种我看也不怎么样。"

"如果孩子眼里没有老师，那就难办了。"

"哎，对了，将太，那转校生怎么样了？他是不是姓保井来着？都熟了吗？"

保井福生是五年级时从东京市内转来的学生，身材瘦弱，小个子，嘴巴尖尖的，脸形就好像一个倒过来的三角形。

"哦，那个转校生，"他的事情爸爸可能已经听妈妈提过，"他总穿同样的衣服是吧？"

因为他总穿一身看起来很廉价的衣服，骑士人他们就喊他"便宜福"调侃他。衣服也不知是否真的廉价，反正他的衣服永远是一样的，而且料子还很薄。衣服上印着"OKINAWA"的字样，也不知道是不是冲绳土特产。不过就连那字也几乎要洗没了，看不太清，真想知道他那衣服究竟洗过多少回。"衣服而已，多买两件不就好了？"有个女生曾这样说过他。虽说我也是同样的想法，不过，价格是便宜或是昂贵，每个人有每个人的看法，每个家庭也不一样，这也是事实。

"要我说，我的衣服不但便宜，而且是薄薄的一层，真要按这个给我起名字，那应该叫'便宜·很薄·福'才对呀，得加个中间的名字。"福生的这个反驳真是莫名其妙，他心也真够大的。

而这位福生，如今正在发声。他坐在靠走廊那一列最前面的座位，突然站起来，转身道："够了吧。我说，文具盒扔地上很好玩儿吗？"他那本就尖尖的嘴噘得更尖了。

"福生，你什么意思？"骑士人露出轻蔑的笑，反问他道。

"吵到我们了。我们还想认真学习呢。"

教室里瞬间安静了下来，久保老师也盯着福生看。

"课堂时间就那么白白浪费了，谁赔我钱？"保井福生又是叹气又是摇头。

不一会儿，四下开始嘀咕起来。"赔什么钱？""伙食费？""上小学要交钱吗？"大家带着疑惑，交头接耳。

"保井，你什么意思，装什么装？"

"我装什么了？想扔文具盒，等回家再扔不行？"

"我又不是故意的。它要掉，我有什么办法？"

"你们俩都别说了。"久保老师想要控制局面，可话里没有一点儿情绪，顶多就是拿扇子扇凉风那种程度。他是不是根本不打算控制局面？

"行了，总之先上课吧。"久保老师又重新振作精神，说了一句，"既然这样，福生，你来读一下课本。"

福生答了声"是"就坐回椅子上,然后又道:"呀,对了,我课本忘带了。"

哭笑不得说的就是这种情况吧。认真学习?你根本不想吧!连久保老师都苦笑不已。

我从来没想过,就在那一天,我和福生的距离一下子拉近了。

放学后,我在去补习班的路上,路过学区里的儿童公园,福生就在里面。

他还是穿着那件薄T恤,正弯腰盯着公园角落里的花坛。他究竟在干吗?我心里好奇但上补习班要迟到了,只好选择路过。再回来时,太阳几乎已经落山,我又看见他那白花花的T恤,很是意外。他居然还在。

"你干吗呢?"

"哦,"他忽然转过脸来,"我只是在找一种好玩儿的虫子。"

"好玩儿的虫子?有吗?"

"不是说了吗我正在找。将太,你干吗呢?"

"补习班。"我提了提手上的拎包,"福生,你不用补习吗?"

"我们家负担不起。没钱。"他说得那样云淡风轻而笃定,然后却又加了一句令人费解的补充,"表面看起来是这样。"

"表面?那你这是……?"

"是为了混迹于世的伪装。"福生说得很顺溜。

为了混迹于世的伪装*——这说法我好像在哪里听过,但具体什么意思一下子也想不起来。

"所有人都以为我是穷人家的孩子,都瞧不起我。"

"我觉得也不是你说的那样。"

"至少是没太看得起我。不过,这都是假象。"

"实际上你家很有钱?"

"说不定。"保井福生点头,眼神却明显在游离,我明白他在逞强。

"还是没有?"

"就算现在没有,将来也可能变得富裕。对吧?现在的样子只是暂时的。变形金刚你知道吧?还拍成电影了。"

"是车子变形成机器人的那个呗。"

"准确来说并不是那样。那是从赛博坦星球来的外星人,只是变成了汽车的外形。"

"哦,是吗?有什么区别吗?"

"司令官擎天柱、擎天柱领袖平时是一辆卡车,一旦出现情况……"

---

* 出自日本重金属摇滚乐队"圣饥魔Ⅱ"。该乐队于1999年年末解散,但解散后至今仍不定期举办公开活动。

"福生，你的意思是你也会变形？"

"就是打个比方。如果是那样，现在瞧不起我的那些人，一定会变得难堪。"

"会吗？"

就在这时，传来一阵短暂而尖锐的声音。

马路上停下来一辆自行车，就在我们所在位置的旁边。周围已经完全暗了下去，我吓了一跳，又发现骑自行车那人有点儿面熟。定睛一看，才认出是同年级的润。看见他脸上的反光，还在拿手抹着眼角，我不知如何是好。

"润，你哭什么呢？"福生毫无顾虑，问得直截了当。

润可能也没想到在这漆黑的公园里居然能遇着两个同学，他发出一声轻微的惊呼，几乎要将自行车的车头整个掉转过去。不，应该说他的车头已经掉转过去了。一阵巨大的动静之后，他开始观察四周路况。

我和福生把润拉了下来。

"你们在这儿干吗呢？"他问。

"我补习班放学。"

"我找虫。"

"虫？"

几句交流过后，福生再次质问："你哭什么呢？"

"你就不能婉转一点儿？"我指责道。

"他是在哭嘛。"

"我就是跟家长吵了两句而已。"润咕哝了一句。

"家长？跟你妈妈？"

"我家只有我爸。"

"哦。"我说。之所以语气毫无起伏，显得毫不关心，是因为我不知道如何回应才正确。他们好像在润还小的时候就离婚了。我一直以为，孩子如果非得跟父母中哪一方生活，那应该是母亲。

"对了，润，我还见过你爸呢。"我想起来了。

大约一年前，我们一家人去手工制品店时，碰着润和他爸也去买东西。润的体格偏大，体育很好，他爸果然也是看上去很擅长运动——我记得当时自己只有这种不大具体的感想。

"哦对。"润也点头。

"你爸应该也挺不容易。"养育孩子究竟是怎样一件事情我不明白，但我能想象，本来双打通关的游戏如果只有一个人去操作，难度肯定会增大。

"不容易归不容易，脸色那么难看，因为一点儿小事就发那么大火，谁受得了？"润的视线四处乱扫。看来他是挨骂了，受不了在家里面对父亲，所以骑自行车出来晃悠。

"润，你忘记了一件重要的事情。"福生又说得一本正经。

"忘了什么？"

"父母也是人。"

"谁还不知道？"

"那你也该知道，人没有完美的吧？生气啦，发愁啦，恼怒啦，总有这样的时候。也会做出一些事来，让你不理解'他为什么做那种事情',有时候还会做一些旁人看来肯定吃亏的事情。"

"是这样吗?"

福生说得很绝对,我也想反驳,不过也确实,有人明明知道很快会被抓但就是要去杀人。大家会生气,会胡闹,会厌烦,会做一些本不必做、本不该做的事情。

"润,你爸偶尔也会有想发脾气的时候。"福生道。

"你是说,遇着烦心事的时候,就想找借口撒气那种?"

"比如说自己摔倒了,却要起来踢一踢路边的石头那种?"

"对对对。"

"我难道是石头吗?"润无奈地笑笑,然后说了声"拜拜"就骑上了自行车。

"我也走啦。福生,你也要回家了吧?"

润的自行车很快就看不见了。后来,我意识到,我、福生和润,我们三个一直以来从没同时站在一起说过话。那就像是把日本料理、西餐、中餐同时摆在一起一样。

"润也不容易呀。"我嘀咕道。他擅长运动,个子也高,在班上也受大家重视,我一直以为他的每一天都很开心,实际上或许并非那样。

"是人都会有不容易的时候。"

"骑士人应该就没有吧?"

对于我这句话,福生居然没有点头表示赞同,说:"他呀,我觉得一定也有烦恼的。"

会吗?

正上课，文具盒掉到地上，声音再次响起。

又来了。我心中不悦，真烦人。大家一定也是同样的心情。骑士人跟他周围那些人轻声笑了起来，似乎很开心。

"怎么又掉了？很吵的。"久保老师道。

很吵的——这种随便的语气怎么行？得更严厉地训斥他们。不过对于苍白又没精神、"形容枯槁"的他而言，那是不可能的。

"把文具盒在课桌上放好，放到不会掉的位置。"久保老师只是做了极为平常的叮嘱，又继续上课。

如果孩子眼里没有老师，那就难办了。爸爸的话自脑海深处传来。我感觉这话自己也认同——确实没错。

休息时间，我朝福生的座位走去。

如果要仔细分别，我还是属于单独一个人的时候比较多，福生则根本用不着分别，他明显总是一个人。我俩走到一起，用我最近在电视上学来的词形容就是"同病相怜"，我也担心过，旁人看在眼里是否真会这样想，但又觉得考虑这么多很蠢。

"那个时间你总是在公园？"

"有时候吧。"听我这样问，福生一边取出下一节课的课本一边答道，"我总不可能一直都干那种事情吧？"

他死板的回应差点儿让我后悔来找他说话，但我又不能这样转身就走。

"哎，将太，你是不是打算送点衣服给福生？"骑士人走过来，语气听起来好像跟我们很熟一样。

真是烦。我差点儿说出心里话。

"给，下个月的节假日，有时间来玩儿。"说着他递过来一张宣传单。

我看了看，是一场在市民广场举办的活动，说是会有一些演员参加，每一个都是电视上的熟面孔。

"这活动是我爸的公司策划的。"骑士人故作平静，但话语里明显有炫耀的意思。他的每一个用词、每一个表情和动作，都弥漫出仿佛水蒸气般升腾的自豪。

骑士人的爸爸听说是在一个人人都知道的大公司里做高层。我妈这样说过："骑士人他爸好像挺厉害的。"她还说，"看他给小孩起个怪名字，我还以为他一定是那种家长呢，结果居然不是。"

"那种家长"里的"那种"究竟是什么意思，我并不明白。而且，如果是有名公司的大人物，"那种"印象也就会跟着改变吗？我的心里有着双重的疑问。

我想到的，是某种过去只吃过一次的芝士。那味道很难闻，感觉像是臭了，我很快就吐了出来。只是后来妈妈告诉我"那是高级货"，我又忽然觉得那玩意儿很了不得。东西本身并没有变，信息却让味道变了。

或许是跟那芝士一样？

就连我爸听了骑士人他爸的事情后都对我说："小子，你去跟骑士人搞好关系，或许有好事呢。"虽然是半开玩笑的语气，但我也听出了爸爸的真心。

"跟骑士人搞不好关系，性格也不合。"

"你这么自以为是，以后会吃亏的。"

我的心里蹦出了一个巨大的惊叹号。

自以为是的到底是谁？

"有时间就去。"福生一把抓过我手里的宣传单道。

"多多关照。"骑士人故作帅气地说完后又补充道，"顺便说一下，你可以放心，这活动免费，不要钱的。"

"那太好了。"福生大咧咧地答道，根本不把对方的挑衅当回事，他也是个人物。

骑士人刚走，福生就粗暴地将宣传单塞进了桌子里，说："傲慢自大的家伙我真是处不来。"

"你说骑士人？"

"傲慢自大，高高在上。感觉好像自己才是这个班上的擎天柱领袖一样。"

"你很喜欢变形金刚？"

"也不是。"

"可是你经常拿变形金刚打比方。"

"对了，"福生对我刚才的话毫无反应，"我们让骑士人稍微吃点儿苦头怎么样？"

"吃什么苦头？"论打架，要吃苦头的恐怕是我们。还是说，别看福生那模样，他其实是个打架好手？

"我不是那个意思。你看看社会上，政治家倒台，从来不是因为暴力。你觉得是因为什么？"

"倒台"这个词我不太明白，我猜想大概跟失败是一个意思。"因为他们做了坏事？"我虽有些不耐烦，还是想起了一个最近在新闻里低头谢罪的政客，回答说。

"对对，"福生看起来挺满意，"重要的是——"

"是什么？"

"抓住对方的把柄。"

哇哦——我只能说出这些了。跟我相反，他却神情肃穆，好似一名要跟政客宣战的报社记者。"擎天柱那句有名的台词你知道吗？"

"什么呀？"

"'我有个好主意。'"

后来我才知道，擎天柱那样说的时候，基本上后面都不会太顺利。

"将太，东张西望看什么呢？"福生对我说。

地铁站旁的商店街附近，一个很大的路口。我们决定放学后先各自回家，然后再去那里集合。

"拿来了吗？"他这样问，我就从包里取出一个沉甸甸的盒子,"家里还真有。最近没怎么用,好不容易才找到的。"

"谁让我家里没有摄像机呢。"福生朝我递过来的盒子里瞅,里面装了一台摄像机。

我又偷偷朝四周张望。

"将太,你在怕什么?"

"咱们这不是……"

"你那样会露馅儿的。这可是好不容易制订的作战计划。"

太阳已经深深地西沉,白昼的明亮转而昏暗了许多,似乎有人转动了调节按钮。

福生的计划并不复杂。据说,骑士人他们约好了,今晚要趁放学后去地铁站前的游艺城玩。

"在学区外,而且超过了学校规定的时间。这可是大大的坏事。"

"你要把证据拍下来,然后交给老师?"

"那样也不错,不过……"福生的眼神很严肃,"只拿来当作我们的武器也不错。"

"当武器?"

"就是抓住对方的把柄。到时候,就算骑士人他们自以为了不起……"

"以为自己才是擎天柱领袖?"

"对。到那个时候,我们手上如果有他们干坏事的证据,就可以拿出来牵制他们。"

福生的头脑很好,好到他都会使用"牵制"这种词汇。我虽然回答说懂了，但心里还是抱有疑问：区区一次在学区外游玩的影像，骑士人他们会害怕吗？

效果如何还是未知数，我甚至想说出最近刚从书上看来的"劳而少功"这个词，而我最终选择配合福生的行动，纯粹只是因为感觉挺有意思。

学校里我也有几个朋友，但并不是那种放学回家后还会聚在一起玩儿的朋友。本来我也不大擅长跟人聚在一起瞎胡闹，在我看来校园生活就是这么回事，也没有什么不满意的地方。但是，面对福生的邀约，我在感到麻烦的同时还有些欣喜，那像是一种冒险，让人无法拒绝。

"看，来了。"

我马上看了过去，骑士人那帮家伙正往商店街里走。他们穿着略显成熟的服装，个头儿也不矮，看上去有点儿初中生的意思。

福生抱着装有摄像机的盒子跟了上去。我慌忙追在他身后，心跳开始加快。

商店街里人很多。我感觉对面走来的那些大人，仿佛都在盯着我和福生。那一刻我意识到一件重要的事情。为什么我到这里来之后才想到？或者说，为什么到这里来之前我都没想到？

"福生，等一下。"

我试图喊他，声音却被往来行走的人群遮挡，不知了去向。

福生一个劲儿地往前钻。他一定是竭尽全力，不想跟丢了骑士人他们。他的步子越迈越大,追在他身后的我也大踏步起来。

骑士人他们要去哪家游艺城我们事先并不知道,所以一旦跟丢,就意味着计划的失败。

结果还真就跟丢了。

准确来说,是信号灯坏了事。

一条很宽的马路,信号灯也已经开始闪了,骑士人他们勉强冲了过去,我们却没赶上。

"坏了。"我们傻傻地站在信号灯前,那感觉就像是盯梢失败的侦探。我们挺直腰板,试图观察车辆洪流另一岸骑士人他们的行动,但左来右往的车流扰乱了我们的视线,将他们遮了起来。

"失败了。"福生很懊恼。

"不过也是件好事。我意识到一个重要的问题。"

"什么问题?哦,你怕我们把摄像机拿手上会暴露是吧?"福生鼓起腮帮子说话时,信号终于变了,"总会有办法的。"

福生蹬腿就跑。可能他还没有放弃,一蹦一跳地在斑马线上奔跑,我则慌忙追在他身后。

不是那个问题,跟摄影机没关系。

过完马路,就在进商店街不远处,右手边有一家大型游艺城。"可能是这儿。"福生说完,没等我回应就穿过了自动门。

他不管什么事情都是自作主张——我心想还是不要跟这个福生混在一起了,放弃跟他要好的念头。我在心里下定决心后,跟了进去。

我想对福生说的事情很简单。

我们来拍的，是骑士人他们违反"没有成人陪同不得在学区以外的区域游玩"和"规定时间外不得在外游玩"两条规定的证据。福生说了，是为了抓住他们的把柄。可是，实施拍摄的我们，不是很显然也违反了这两条规定吗？

去抓别人的把柄，同时也意味着被别人抓住了把柄。

骑士人他们必定会指责说："你们也犯了同样的错。"

这个计划有漏洞。不，说它是计划，其实它就是个漏洞。

游艺城里，福生一溜烟地穿过摆满娃娃机的区域，我正想叫住他。

结果，我自己却被人从身后叫住了。"喂，你。"我一回头，发现背后居然站着身穿制服的警察，脑袋里猛然间就变得一片空白。

福生似乎也察觉到了变故，转身看我。他露出了"坏事了"的表情，那应该也算是败笔。

"你跟他是一起的？"

两名警察，叫住了我和福生，把我们带到了游艺城外头。抵抗、反击和逃跑都不可能，我们只能听大人的话。这时候我脑子里满是"全完了"的想法。全完了，被警察逮住了，大事不妙。不但上不了学，我爸还要发大火。或许他还会说"我们小时候动不动就挨揍"这种话，不过，他更多的应该还是难过。

我看福生，他的肩膀也完全耷拉了下去。他的T恤本就单薄，现在仿佛整个透明了，连身体都变成了透明。他脸色很不好看，倒三角形的轮廓变得更为尖细。我的脸色一定也是一样。

"你们还是小学生吧？有人教过你们，这个时间不可以进这种地方玩儿吧？"

警察稍稍弯下腰来亲切地跟我们说话，我都不敢正眼瞧他，那个温和的语气反而让我更害怕。我觉得一旁路过的人都在斜眼瞧我们，仿佛是在看犯了罪的孩子。

店里传来游戏机的音乐，吵闹且欢快得那么不合时宜，仿佛在讥笑我们。

我的声音都变得尖细，无法好好回答，只得点头。福生应该也是一样。

"哦，实在抱歉。"就在那时，有个人影跑了过来。

穿警服的警察将视线转向声音的主人，我也一样。

一开始，我的心情变得绝望。就好像正被老虎袭击的时候，背后又来了一头狮子。

"啊，老师。"

"久保老师。"

我和福生同时开口。他身穿厚厚的羽绒服外套，跟今天在学校里时没什么两样。正被警察训着话，又被班主任撞上，这简直是雪上加霜。

"老师？他是你们的老师？"警察问我们道。

"是。"

这下子一定要挨骂了，我真想找个地方躲起来。可是，老师嘴里说出的话却出乎我的意料："哎呀，不好意思，是我找他们来给我帮忙的。"

帮忙？

"是。"久保老师报上自己的全名，然后又说了小学的名称，"我没有名片，不好意思。不过，麻烦你们问一下，应该就知道了。"

"帮忙是帮什么忙？"

"有人打电话来说，有我们班上的学生跑来游艺城了。我怕万一出事就不好了，所以就来找，但是没找到……"

"你说的不是这两个孩子？"

"这两个孩子只是碰巧跟家长来这附近。我就请他们跟我分头进游艺城里找。真是抱歉。"

"这个时间，让小学生……？"

"确实不应该让他们进游艺城。"久保老师挠着头，赔礼道歉，"我一个人找实在找不过来，所以就请他们帮忙了。他们并没有错。"

两名警察交换了眼神，我和福生也视线相对。

最后，警察带着"这次就算了"的态度离开了。"刚才你说的游艺城里的孩子……"他们表示了关注。久保老师解释道："解决了。好像是认错人了。我这也是刚接到电话。"他的解释，警察好像也认可了。

最后剩下了我们，也没挨久保老师骂。不但没骂，他连我们为什么出现在这里都没问，只说了一句"要小心"就放我们走了。

他一下子就没了人影。

一头雾水、满头雾水……应该是哪个来着？

"得救了倒是件好事，不过久保老师他到底怎么回事啊？"按理说，他应该问清楚我和福生为什么在这里，然后大骂我们一顿。这不才是老师对学生应有的教导吗？

"他那不是亲切，简直是不在乎。他没有身为一名老师的自觉。"

"就是。久保老师有点儿怪怪的。"

或许他不是不骂，而是骂不出口。我觉得"不在乎"这个词再适合不过了。他虽然完成教学任务不在话下，但具体到每一个孩子，他似乎并不打算牵扯到他们的个人问题。

"哎——"

有第二次就有第三次。

就在那时，又有人招呼我们。警察之后是学校的老师，学校的老师之后，是一名不认识的女性。她身穿西装，感觉又不像是家长，有点儿太年轻了。我在想，她是不是谁的姐姐？

福生也表现出了很明显的戒备。

"突然叫住你们，不好意思。你们……是不是久保的学生？"

久保，这种称呼方式在我们看来很新鲜。我有些困惑，不知道是否该正面回答她。

福生应该是没有我这种烦恼。"你跟久保老师很熟吗？"他接话道。

"嗯,以前挺熟的。"

"是前女友那种的?"

"福生!"

西装姐姐轻轻叹了口气。我以为她在笑呢,结果却发现那神情有些落寞。她左右摇头,说:"不是那样的。我们算是大学时候的同学。只不过我的朋友,跟久保……久保老师,曾经交往过。"

"那现在不是了吗?你的意思是,现在他们不是恋人关系了?"

久保老师曾经的恋人——的朋友。我在头脑里描画着这种关系,感觉挺近,又好像很远。

那位姐姐的表情再次变得悲伤。游艺城里发出的嘈杂音乐,仿佛都被她落寞的神情吸走了。

"现在……或许也算是吧。"

"你找我们有什么事吗?"

"哦,我只是在想,不知道久保老师,他还好吗?"

"这算什么问题呀。"

"刚才,在那边有一场演讲会。演讲你们知道吧?是一场面向教师的。哦,对了,别看我这样,我也是学校的老师。我跟久保在大学里一起听过教师资格培训课。"

我听成了"及格必须课",总之他们应该是认识。

"在演讲会上,我见着一个人觉着很像久保,本打算在结束后去问问，结果人已经不见了。所以我刚才追了过来……"

"他已经在跟警察说话了吧。"

"我还在想，久保究竟干什么坏事了？真是吓我一跳。"

"老师才不会做那种事呢。"

"看来，他这个老师当得还可以了？"

"可不可以就不好说了。"

"是吗？"

看她一副早已心里有数的模样，我感觉到了不对劲儿。

"总感觉他没什么劲头，对学生也不大上心。"福生解释说，"比如说现在，明明都这个时间点了，我们在外头晃他也不管，就自己走掉了。"

形容枯槁，我又差点儿说出了这个词。

姐姐有些怅然，又有些领悟地说了一句："是这样呀……也是。"

也是？这是什么意思？

"唉，其实久保原本完全不是那种没有劲头的人。他一直很期待成为一名小学教师，就连我，也一直觉得他会成为一名好老师。"

"那些以为的事情，经常很意外地不准吧。"

"原本"这个词让我感觉怪怪的，难道说，他现在这个样子不是真正的他？

"你们久保老师以前说过，不光是学习，他想要教学生各种东西。"

"各种东西？他说的？"

"学生时代的久保，总会在一些无所谓的事情上钻牛角尖，比如为什么不可以体罚啦，那些法律没有规定的事情要怎么样让孩子们遵守啦之类的。"

"什么呀那是？"

就在我开始怀疑这位姐姐嘴里所说的久保跟我们的久保老师不是同一个人时，她说："不过也是。他怎么可能还像当初那样一点儿没变呢？"说完又对我们打了声招呼说，"把你们喊住真是抱歉。"然后朝着跟久保老师相反的方向迈出了脚步。

"福生，刚才那个姐姐，到底怎么回事啊？"

"不知道。不过……"

"不过？"

"我在想，老师也是个人，老师也有老师的人生，在学校之外的人生。"

"那还用说嘛。"我说着，也开始考虑起同样的事情来。

"下周的家长开放日，爸爸去可以吗？"

晚餐时爸爸问我。说是晚餐，其实并没什么好菜，我们只是围在餐桌边嚼着炸鸡块啦，炸猪排啦什么的，都是些叫不上名字也没有名字的菜。

"咱们家念的这个学校，不用'家长开放日'这个说法。"母亲解释道。

"你不用上班？"

"这次感觉正好能请上假。你妈一个人去，还得在你跟孝雄的教室两头跑，怪累的。"

妈妈又往桌上摆了第二道等待命名的菜。"还有就是你的班主任，就是那个久保老师，不是感觉挺靠不住的嘛。我想让你爸去看看。"她说。

看来是我妈和我爸俩人背着我商议过了。

这时候，即便我说"你别来"，我爸肯定还是会去。弟弟孝雄一边叫喊着"爸爸要来看我吗"，一边欢蹦乱跳起来。实际上我也没有反对的理由。爸爸如何评价久保老师，我也有兴趣知道。

"不过，有家长在的时候，他的表现估计也跟平时不大一样，有没有参考价值还不好说。"妈妈道。

她说得也确实有道理。

家长们来的那天，骑士人他们应该也无法像平时那样干扰上课。

我错了。

第二天，骑士人一伙从一大早就聚在一起。干什么呢？原来是在商量"家长们来旁听讲课的时候，怎样去摔文具盒"的事情。看那架势好像是个秘密会议，实际上周围都听得清清楚楚，在他们看来，这种行为可能近似于对外公开节日庆典时后台

※ 128 ※

的准备工作，还因为这个扬扬自得。

"真是烦。"我来到福生的课桌边，他正露出打心底里厌恶的神情抱怨，"没救了。"

"不好了。"

"什么不好？"

"不妙啊，这次我爸要来，感觉他会发火的。"

"冲谁发火？"

"冲老师啊。他平时就常说孩子本来就应该狠狠揍。说学生不把老师放眼里就是因为老师太宽松了。"

"看来他是铁拳制裁派。"

"难道真的只能那么做？"

"你指什么？"

"不严厉点儿，就不能阻止别人做坏事。"

"那是当然了。感觉不到害怕，谁还不是想干吗就干吗。比如他们摔文具盒，你觉得要怎么做才可以制止？就得骂他们，让他们别瞎胡闹，不要干扰别人。嘿，不给他们甩几个耳光子，让他们吃点儿苦头，是没办法制止的。"

他说的，应该是类似以前漫画里"去走廊罚站"那种情况吧。现在就连那样也算体罚了。不过就算真那样去罚骑士人，兴许他还会觉得"真走运，可以不用听那么无聊的课了"，到时候掏出手机来在走廊上偷偷玩游戏也不一定。反正久保老师也只会不痛不痒地说一句："手机怎么可以带学校来？"

打一打，或者狠狠地骂，或许确实会令对方恐惧，遵守规则。可是，那就能解决问题吗？我心里乱糟糟的，自己所抱有的疑问也说不清楚。

背后，骑士人那帮家伙正制造出闹腾的嘈杂声。

门"哗啦"一下子开了，久保老师走进教室。我慌忙跑回自己的座位，而骑士人则慢悠悠地走动。

"上课了。"久保老师说话还是老样子，沉稳，与其说沉稳倒不如说是没精神，骑士人还满不在乎地应道："知道啦，知道啦。"

看来还是得凶，不严厉点儿是不行的。我能感觉得到，自己正被推向"武力镇压派"。

再加上久保老师居然在上课时好几次走神，连学生们都指责他，让他好好讲。这已经不只是靠不住，简直就是令人担忧了。

"老师的女朋友死了，是真的吗？"

那是吃午饭的时候，吹奏乐队的女生突然开口道。她平时挺老实，上课时就不用说了，连课间休息也很安静，也不知为何竟然这样唐突地发言。

转眼一看，骑士人正在她旁边得意地笑，很显然，是那小子让她说的。他这也太奸诈了，不过此时我更在意发言的内容。

老师的女朋友死了，这是什么意思？

教室里骚动起来。班上有三分之一的人看上去已经知道了这事，剩余的三分之二，则为了获得情报而低声交流，问究竟怎么回事。

通过零碎信息的拼凑我明白了，似乎有人曾执拗地去问老师"有没有女朋友"，于是得到了这个情报。只不过，这些本身是真是假也不知道。

"你消息很灵通呀。"久保老师或许想一笑带过，只是表情已经在抽搐，嗓音也在撕扯。

骑士人预谋之下放出的箭矢，射中了老师的痛处。

"是啊……"久保老师嘀咕着，仿佛在对自己说话，"应该对大家说清楚才好。"

他要将秘密公开了吗？不知是出于期待还是害怕，班上鸦雀无声。这时候骑士人却出来破坏了气氛："老师如果想倾诉，那我们也可以听一听。"

有几个人让他带着笑了。我心里很不高兴，估计福生也差不多，看他那个样子，仿佛随时会站出来。

"老师在大学时候交往过的女孩子，因为交通事故去世了。大概两年前吧。"

据说当时久保老师也在现场。不是这里，当时他们正走在另一个城市的大街上。

"我们听到了什么声音。马路对面，一个男的正拦下一辆出租车，钱好像掉在了地上，有几枚硬币滚到了马路这边。她马上冲到马路上替人家捡。因为当时路上正好没车,我也觉得没事。她打算把捡来的硬币还给主人。那时候,她也仔细确认过周围是不是有车。不过……"

车突然冲了出来。驾驶员面对突然出现的人影,似乎是错将油门当作了刹车——我不知道,是不是真的会有人出这样的差错——老师的女朋友被车轧了,车也撞到了一旁的墙壁上。驾驶员是一名高龄男子,也身亡了。

这不是学校午饭时该说的事情。久保老师说了出来,脸上没有太多表情。"应该只是巧合吧,"他嘀咕道,"那正好是两年前的今天。"

什么?——我在心中发问,嘴上没有出声。班上所有人应该都一样。

一片沉寂里,老师缓缓嚼起了面包。

"将太,久保老师没事吧?"

放学后,我没精打采地走在回家路上,福生从背后赶上来问道。自从在夜晚的公园里相遇之后,我们的关系骤然近了不少,面对他那种仿佛多年老友般的态度,我有些不知所措,但也不好拒绝。

他身上的衣服还是那么单薄,身体瘦得仿佛能随风摇摆,看上去也靠不住。但是福生的言行里有着我所没有的东西,让我感觉到新鲜,这也是事实。

"没事是指什么?"

"就是今天那些话呀，他的女朋友。"

"唉，那确实让人挺吃惊的。居然已经是两年前了，我还以为就是不久前的事呢。"

"我比较在意的是，老师表现得很冷淡。"福生所关注的地方跟我不同，"本以为他会表现得更寂寞、更悲痛一点儿，就算不那样吧，至少他也是个老师，最后应该说些老师该说的话吧？"

"什么样的话？"

"什么样的都行。比如说，就好像交通事故那样，什么时候发生什么事情谁都不知道，大家应该珍惜每一天的生活；或者，要珍惜自己和别人的生命之类的。"

我盯着他，一动不动，说："福生，你真了不起，那么难的话你都能讲得出来。"

福生以为我在调侃他，似乎很不开心。不过我是真的很佩服，那的确像是老师会说的话。

"可是，久保老师一直都只是面无表情。像他那样是不行的。前不久我还听新闻里说呢，现在很多老师出现了精神上的问题，都不愿去学校呢。"

"哦——"这我听说过。

"久保老师，会不会也有精神上的问题呢？老早以前我就感觉他的表情好少，今天那个样子，也很成问题吧？"

"好像一直很恍惚。"他的粉笔掉了好几次，有时候忽然就沉默了，开始眺望窗外。

"是精神出毛病了。"

"我也觉得。"我开始担心起他来了，说得很郑重。

"所以呢，我打算稍微帮一下……"

"帮？帮谁？"

"久保老师。"

"怎么帮？"

"我去告诉他。骑士人他们打算在家长们来的时候捣乱。"

"家长们来？"说完我才反应过来，他说的是学校开放日。

那是家长们可以来学校旁听上课的日子。为什么要专门跑来学校旁听那些无聊的课，原因是个谜，总之家长们要来。

"那种事情，还用得着专门去说？"告诉他了又能有什么改变？

"事先知道和事先不知道，差别可大着呢。"

是吗？那就辛苦你了——这就是我当时的心情——想说你就去说呗。

"那走吧。去找久保老师。"福生面朝着我不停地勾动着手指。

"啊？我也去？"

"对。"

我无法接受他说得那么理所当然，福生似乎也注意到了我的不悦，马上又低下头做出恳求的姿态。"拜托。"这样一来，我也不好拒绝了。

他又低声说道："我有一个好主意。"然后便转身，背对着我走远了。任由他一个人乱来实在让人放心不下，我只得跟了上去。

回学校路上，我们遇到了润。他的装扮总给人一种轻便的感觉，一看才发现他没背书包。

"哦，"润说，"我回了一趟家，发现有东西忘在学校了，就去找。"

"忘什么东西了？"

"联络簿。可教室里也没有。丢哪里了呢？"

"你问我，我哪儿知道。"

"也是。"润爽朗一笑，牙齿都露了出来，随后便跑开了。

与其乱想点子不如正面决斗，福生这样说，我俩便往教师办公室走。进办公室跟进自己的教室不同，总感觉有些紧张，不过我们还是敲了门，问久保老师在不在，然后进屋。

一进去就知道，久保老师不在。不在自己的办公桌前，整个办公室里也没有他的身影。

老师的工作时间，究竟是到几点？学生们放学了他们就可以下班吗？还是像我爸那样，哪怕到了规定时间，也还是得留下来继续加班？

白跑一趟，我们有些沮丧，就顺着走廊往教学楼门口走。

孩子们几乎都回家了，校园里空荡荡的。我们走出校门，走在放学路上。

"你不冷吗？"

我身旁的福生仍然是短袖短裤。

"没感觉。我一直这样，都习惯了。将太，人是会习惯的。不管什么事情。"

他说得跟世纪大发现似的，我也不知该怎么回应，问："久保老师也会习惯恋人的死吗？"

福生想了一会儿。"短时间内应该不能吧，"他说，"我总算是习惯了。"

"啊？"

他没有再对我多做任何解释。

后来我们就互相聊自己，上哪里的幼儿园，看什么电视节目，等等，漫不经心地走着。我本还想聊聊打游戏，可游戏机多少是要花些钱的，我担心福生或许没有。这种担心又使我感觉别扭，让我有些讨厌自己。

在一个小小的十字路口，我们互相道别。明天见。

补习班结束，在回家的路上，天已经黑透了不说，好像还要下雨，我不禁更用力地蹬起了自行车。虽然有车前灯，但走在小路上时前方并不能看得太清。

我妈经常叮嘱我要小心别出事故，可这种事情不是光小心就有用的，而且我还大意了。

到了拐弯的地方，我也没有好好确认，只觉得不踩刹车直接转个直角弯很帅气，就猛地左转。

就在那时，一个行人擦着我走过，我吓了一跳。可能是运气好，并没有撞上。我的心都快冒到嗓子眼儿了，感觉整个身体冰凉，失去了平衡，撞在了一旁的电线杆上。紧接着，一阵剧痛，眼冒金星。

我下了自行车。虽没受伤，但惊悚的情绪却无法平静。

我把自行车立好。

刚才那个行人有没有事？

我回到转弯的地方，探出头去。

本以为会有人站在那里，瞪着自己，斥责我的行为太危险。可事实却不是这样，我只看见了一个已走得很远的背影。

对方难道并没意识到他差点儿跟我撞上？

我感觉自己逃过了一难，又感觉自己好像有点儿吃亏。就在那人从路灯下走过时，我不禁一惊。

久保老师？

那瘦弱的体格，细长的脖子，我是有印象的。

老师的家不在这附近。他是不是去过哪个学生家里，还是说接下来要去？

我做出的第一反应，是骑着自行车往公园跑。

我想找到福生。

天好像就快下雨了，福生很可能不在公园，我其实也没抱多大希望。再说了，久保老师在那里出现了又怎么样呢？我其实用不着慌,明天去学校照样能见着福生。

所以,当我发现福生正蹲在公园的花坛前时,一方面因为他真的在而感到欣喜,另一方面也觉得他其实不在也无所谓,继而单方面感觉到有些不耐烦。

"我其实并不是总在这种地方的。"福生似乎有些不高兴。

"你这不就在这儿呢吗?"

现在不是争论这些的时候,我向他说了碰见久保老师的事情。

"难道是晚上出来巡逻?"

"谁知道呢。"说完之后我也稍稍冷静了一些。或许这种事情并不值得呼哧呼哧地蹬着自行车特意来告诉福生?

可福生却说:"去看看。"他跨上自行车就朝我所说的方向骑。这次他没说"我有个好主意"。

我也蹬起自行车来。似乎有水滴打在握着车把的右手上。我看看天,云层好像在使劲儿忍住哭泣。在我看来是那样,也不知道为什么。

这片住宅区并不宽敞。骑自行车足够绕上一圈,所以发现久保老师并没花多少工夫。

他正站在一户人家门前。可以看见他的背影。

"家访?"

"现在还不到那个时候呢。"

我们边嘀咕着边和目标拉开距离,下了自行车。我俩没商量过,但都注意不发出声音,不引起久保老师的注意。

我们躲在拐弯处，两个人都在偷偷盯着久保老师。

天几乎完全入夜了，他的身影并看不太清。但是，看得出来他很严肃。福生说话的声音也小了，或许他也感觉到了什么跟平常不一样的东西。

"该不会是想翻进去偷东西吧？"

"怎么可能？"我回道。转而又理解了福生为什么要说这样的话。

老师只是那样站着，就让人感觉到了害怕。

"他干什么呢？""可能想溜进去？""怎么可能？"

我们的轻声低语，都随着静静拂过的微风飘散而去。

"老这样也不是办法。"福生往外踏了一步。

仿佛一切都在等待这一刻。

久保老师面前那户人家玄关的门开了。屋内的光亮漏了出来，隐约照出了老师的轮廓。

福生停下了脚步。

从屋里出来的，是个体格健壮的男人，有四十几岁，戴着眼镜。那张脸我仿佛在哪里见过，赶忙搜寻起记忆。

那张脸，那个感觉，我逐一回想着迄今为止所见过的大人。

在哪里见过，在哪里呢？

我想到了手工制品店。

"是润的爸爸。"

福生看向我，问："润的……哦，你说你见过他。"

"嗯。不会错，就是润的爸爸。"那里是润家？

"老师有事找润？"

"润今天应该训练去了吧？少儿篮球。"训练的日程应该早定好了。

"哦，之前润不是说有东西忘记了还回去找，老师来会不会是因为那事？"

你一言我一语中，润的爸爸已经走到了自家门外。他朝久保老师走去，低下了头。

我和福生都想听他们的对话，就蹑手蹑脚地试图靠近，仿佛我们才是要潜入民宅的小偷。

究竟是哪里不对劲儿？

我自己也不太清楚。

久保老师一直保持着站立的姿势纹丝未动，看上去还在紧张，这令我放心不下。那让人感觉异样，甚至是不舒服。那虽然是久保老师的躯壳，可看起来里面却像是空无一物，仿佛是丢了魂。

润的爸爸在笑，可那是僵硬的笑。估计我爸见着老师时也会露出那样的表情。那是用来打招呼的笑容，是敷衍的笑容。

久保老师动了。他将手里的纸袋放到地上，弯腰，手伸了进去。他似乎要从里面拿什么东西出来。

润的父亲从对面盯着久保老师，看上去有些畏惧，眼神里流露出不安。他仿佛在窥探，对方来这里到底是为了什么？

老师并没有回应。

他弯着腰，伸进纸袋里的手正缓缓抬起。

就在那时，一个刺耳的声音响起。

"哇！"我不禁叫出了声。声音的源头就在我自己脚下。

文具盒掉在路上，里面的铅笔散落满地。

福生擅自从我拎着的提包里拿出文具盒，扔在了地上。为什么？我看向福生，却见他也很惊讶。那模样似乎并不是他想那样做，而是回过神来时才发现已经做了。

当然，久保老师和润的爸爸都朝我们这边看了。夜晚昏暗的街道，忽然有声音响起，关注是必然的。

我缩成一团，心想得挨骂了。

"哦，是将太和福生。"

我听见了老师的声音。

福生和我，我们也不能转身就跑，而且说白了我们也没干什么值得跑的坏事，于是只好往久保老师身边走。

我解释说是文具盒掉了。

后来福生对我坦白说："我也不知道为什么，就是很害怕。久保老师的样子很怪。"

确实，那时候的久保老师很不正常，神情异常严肃，很可怕。

"而且还是恋人的忌日。"

"忌日"这个词我是头一次知道。午饭时间时"两年前的今天"应该指的就是它。

"我感觉再那样下去可能会发生什么可怕的事情，必须做点儿什么。但是我又发不出声音，腿也在抖。你的手提包里放了文具盒，我就一把抓住，扔了出去。"

这算什么理由？我心想。但同时，我又觉得也可以理解。当时的久保老师很可怕。他明明只是站在那里，气场却跟在学校时完全不同，他的手伸进纸袋的那一瞬间，让人后背发凉。老师虽背对着我们，但我看得见面对着他、润的爸爸的脸。那应付的笑容生出了裂纹，他的脸因为恐惧而僵硬。

"这么晚了，你们干什么呢？"老师对我们说，但我无法抬起头来。

久保老师向润的爸爸介绍我们，说我们是润的同班同学。

"老师你呢？你来润家里有事？"福生问。

"哦。"久保老师说着，从自己的包里而不是之前纸袋里拿出一个笔记本，"润好像把联络簿忘学校了。"

老师因为学生忘记了那种东西而特意送上门，这种事我以前从没听说过。

"非常感谢您专程送来。"润的爸爸开口道谢，"润今天参加少儿篮球队的训练去了。"

"哦，是吗？"

我感觉这个久保老师早就知道。

"要是平时早该回来了……"润的爸爸的声音软弱无力，似乎是对着地面说了出来。

"出什么事了吗？"

"哦，没有，"润的爸爸沉默了一会儿，看上去很是烦恼，让人感觉他似乎内心纠结着什么。"我稍微——"他似乎想好了，"对他发火发得狠了些。"

"是吗？"久保老师的声音里没有任何情感。

"我明知道那样不好，但还是不小心冲动了。我一个男人把他带大，遇到的全是一些让人放心不下的问题。"

"我家也只有我妈一个人。"福生马上接话道。

他这句话也不能完全算是多余。不过久保老师仿佛想起了什么很重要的事情，他说："呀，将太、福生，你俩得赶快回家，已经很晚了。"

我们无法反驳说不愿意。

我强忍着心中的好奇，无奈离开了现场，牵肠挂肚或许说的就是我这样的。福生倒是比我想象中听话许多，这很是让人意外。不过那都是假象，他装出远离了润家的样子，依仗周围光线昏暗，在第一个路口就拐了进去。他一阵小跑，嘴里直呼着"将太、将太"，还向我招手。我们绕了个大圈，从背面再次回到了润的家。

润家的房子周围不是那种常规的院墙，而是围了一圈较低矮的绿植，福生二话不说就翻了进去。我一惊，心想这样擅自闯进别人家里可不好，可福生却一个劲儿地朝我嘀咕"快点儿快点儿"，为了堵上他的嘴，我也学着他的样子闯进了润家里。

如果暴露了会是什么结果？

应该会被当作小偷或者是犯了擅闯民宅罪吧？

福生没有理会我的担忧，猫着腰一直往前走。

这样走到玄关肯定得暴露。我小声喊住他："危险，停下。"

"老师，我常常厌恶自己，有时为了发泄情绪，就对润很严厉。"

润的爸爸的声音已经可以听清，我们于是停下动作。我不小心撞上了旁边一个花盆，见并没弄出太大声响才松了口气。

"厌恶……自己？"

"这些或许不应该对老师您讲……"润的爸爸也不知是不是身体不舒服，说的话听起来很痛苦。

庭院里树木的枝叶在轻摆。终于，云层开始倾洒起雨滴，仿佛它们已无法再隐藏那些无法向人言说的秘密，只得放弃，任其从手上掉落。

雨的节奏很慢，似乎连小雨都还算不上，不过雨滴却实实在在地打湿了我们。

"是发生过什么事情，让您厌恶自己吗？"

"嗯，唉，是的。"润的爸爸说。

雨淋湿了他，可他似乎并不在意。

他干什么了？犯罪了？润的爸爸？怎么可能。我的脑子在飞快地转动。

"是一场事故。"

我的脑袋仿佛被电击到了一样。我前面的福生应该也是同样的感觉，他回头看了我一眼。

久保老师的恋人的死，就是因为交通事故。她被一辆加速开过来的车撞了。也就是说，开车的驾驶员是润的爸爸？我的脑海里闪过这一想法。老师来这里，就是为了这个？想到这里，我恍然大悟。那恐怖的气场，难道是因为他要见当时的凶手吗？

老师成为我们班的班主任，见到润的爸爸，应该是第一次家长会的时候。或许在那时候他就意识到了——这是当初那个驾驶员！

他一定很吃惊吧，不敢相信世上居然真有这样的事情。

然后，今天，他来到了这里。他来见润的爸爸？为什么？我回想起刚才久保老师那种令人胆寒的恐怖气息。

可能他打算做什么不得了的事？

不，不对。内心里，我在左右摇头。

当时的驾驶员应该也在事故里丧生了，这是老师自己说的。驾驶员不可能是润的爸爸。

"虽然不是我开的车，"这时润的爸爸开口道，"但是，可能就是怪我。不，不应该说可能。那就是怪我。"

"您在说什么？"久保老师不带感情地说道。

"那时候，我因为工作到外头办事。在车站前面的斑马线附近，我的东西掉了，有人捡给了我。她要过马路，为了把东西还给我，就在那个时候车……"

润的爸爸的声音抖得很厉害，不像一个成年人，反倒像个迷了路的孩子。

只剩下雨撞击地面和屋顶的声音。

久保老师沉默着。

我再次和福生对视。他的头发湿了,我的应该也一样。

落在头上的雨,比起冷来更让我感到沉重。

福生一直没说话,视线向着我,欲言又止。

我什么也不明白,我用眼神这样回答他。

"被车撞到的那个女孩儿,后来究竟怎么样了,其实我并不知道。"

老师没说话。

"事故发生的时候,不知怎的,我就已经坐上了出租车。还有要紧的工作那是事实,可其实,我只是害怕。我逃跑了。拿工作忙当借口,我也不去查找关于事故的消息。"

还是听不见老师的声音。

"我心里一直放不下。当时我逃走了,那个女孩儿明明是因为我才遭遇了事故。这件事情一直压在我心上。我不希望润成为我这样的人,这个意愿太强烈了,导致我常常对他发不必要的火。"

润的爸爸几乎是在哭了。可能因为在下雨吧,他也没打算掩饰。

雨开始变得猛烈,我看不清久保老师是保持了沉默还是在说话。

这样下去,那两个人也不可能一直傻站着说话,应该快解散了。到时候，我们也可以走了。

"我也不是神父……"我终于听见了久保老师的声音，"对我忏悔也没有用。"

润的爸爸一下子没有了任何表情，仿佛自己被抛弃了一般。他随之叹了口气，说："我只是想找个人，说给他听听。今天，我一直在犯愁……"

"今天。"久保老师低声道。

"对。尤其是今天。"

"润同学的爸爸，"久保老师的声音仿佛是从嗓子里挤出来的，"您跟事故并没有直接的关系，不是吗？"

"那要看您怎么想了。"

"那是间接的关系。"久保老师的语速变快了，"或许也可以说是完全没有关系。"

"不……"

"所以。不过……"久保老师在极力斟酌着措辞。那仿佛就像是语文考试，需要在空白处填上合适的词汇。是用"所以"，还是用"不过"，或者是"即便如此"？"您还那样一直放在心上。"

"是。"

"光是这样我……"

声音一下子中断了。

我们蹲在绿植这边，看不见老师的模样。我脑海中的久保老师，此时正低着头。我能想象得出，此时他的神情仿佛是下定了什么决心。

"哪怕只是这样,我也觉得您很了不起。"这句话,仿佛耗尽了他的全力。

二人之间的对话已经听不清了。雨势更强了,仿佛是催促众人适可而止赶紧回家,雨已下得毫不含糊。路上一下子变得湿冷,只有雨滴敲打的声音。衣服都湿透了,雨水顺着头发滴下来。心里的感觉复杂难辨,也不知是难过还是开心。

那晚的事情,我和福生并没多谈。我只告诉他自己湿漉漉地回到家里,被爸妈说了好一通,至于久保老师和润的父亲,并没出现在我们的对话里。那究竟该怎样去面对?我也试着以自己的方式去理解,但感觉并不想深究。

只有一件事情是明确的。

久保老师变了。

一直以来的那种恍惚,那种人虽站在这里但却总四处张望的"形容枯槁"的感觉消失了。虽说算不上精神抖擞、总是干劲十足——也就是那种从汽车变身成机器人的戏剧性变化——不过,感觉他确实变得可靠了。

关于这种变化,我试着对周围的同学说,他们却只回答我说:"是吗?"但是我对这种改变很确信。

学校开放日到了。语文要念小作文,题目是各个班级在课前按照"各自的想法"准备的。

家长们并排站在教室后面,我爸也按时来了,跟往年相比,今年爸爸的人数似乎更多一些。可能他们都跟我家一样,也打算看一眼这个靠不住的久保老师。

最终,我和福生并没有把骑士人他们的诡计提前告诉老师,也就是那个扔文具盒扰乱课堂的计划。

那天晚上,好像也顾不上说这事。但真相是我们根本就忘记了。我想起这些,已是文具盒掉落在地上的那一刻了。

作文朗读告一段落,一阵稀里哗啦的声音响起,正写板书的久保老师转过身来。

久保老师见到一个学生正在捡文具盒,本打算说点儿什么,但还是转身再次面对黑板。然后别处就又传出了文具盒的动静。

唉,又来了。真烦。

同时我又觉得很不好意思。我也不知道现在这个情况到不到常听人说的"失控"的地步,那些东西我虽然不懂,但是让家长们看见我们平时并没有做得很好,我心里很难过。

"弄出那么大声音,还怎么上课?都给我找个不容易掉的位置,把文具盒放好。"

这种教训学生的方法,跟一直以来的久保老师不一样。我再次觉得,久保老师还是有什么地方变了。或许班上其他同学只以为这是因为有家长在看,所以老师在逞强而已。

文具盒落地的声音再次响起。

"哎哟。"我听见也不知是谁家的家长轻轻发出这样的一声。

我偷偷看向骑士人的侧脸。他的嘴角些许上扬，显得很得意。骑士人他爸没来。一大早，他就在教室里仿佛对所有人宣布似的说："我爸估计今天赶不上了。他今天好像还要跟电视台开会。我妈也很忙。"他显得很得意。

工作忙很了不起吗？我真想质问他，但我说不出口。

就在久保老师转过身来的时候，我听见后面有人发话，声音我很熟悉："老师，不好意思打断您上课……"

大家都扭过身去。

那是我爸。颇具穿透力的声音在教室里回荡："我觉得您还可以再严厉一些。"措辞虽然恭敬，但语气却很强硬。

丢脸的感觉是不是就这样？我缩起身子。

家长们一阵骚动。

一个女性声音又响起："就是，您对我们家孩子狠一些没关系的。"

家长们突然你一言我一语，都开始发言，好像他们忍了很久。

"我小的时候，上课要是敢胡闹，早挨揍了。"另一位爸爸道。

这时，久保老师安静地笑了笑。

他真的跟之前不一样了。

"谢谢。"他应道。他将粉笔放在黑板边，轻轻拍了拍手，

"那么,机会难得,在接下来的课中我们就来谈谈这个吧。"

他扫了我们一眼。

"刚才,大家的爸爸妈妈给我提了许多意见。确实,我也是刚做老师,很多事情不懂,也很感激。孩子是每一位家长的宝贝,就这样交给我,感到不放心也是理所当然。"

老师站到了正面、正中央的位置。

"刚才,上课时掉了几个文具盒。声音太大,会扰乱课堂,所以我要制止。这没有错,因为这让人难受。如果是不小心掉的,那就得想一些相应的措施。让学生一定把文具盒放在不容易掉的位置,或者规定大家只准带布做的文具盒都可以。可是,如果这是故意的呢?如果有人故意把文具盒往地上扔,应该怎么样制止?"

他究竟想说什么?

"在学校要学的,不仅仅是那种为了课本和考试的学习。我希望大家还要学一些别的东西,一些没有明确解答的东西。所以,希望大家都来想一想。如果有人,故意想给周围的人找麻烦,应该如何去制止?"

久保老师环视着所有人,但似乎不是在等待谁举手。

我瞟了一眼骑士人,他的表情显得不耐烦。

"刚才爸爸们也说了,揍一顿或许也是个办法。体罚和教育间的区分很难,谁也不想吃苦头。所以,揍一次下次就不敢了。给苦头吃、吓唬、羞辱,这或许也是教育的方法。但是,老师觉得,那样并不能好好地解决问题。"

因为不可以动用暴力？

"暴力不好！"久保老师道，"但我想说的不是这个。当然，暴力是不好。只是，还有更重要的理由，因为，有时候凭借它也无法解决问题。比如说，举个极端的例子，现在有一个体格特别健壮的小学生，比老师的个头儿还大，还有肌肉，老师再怎么使劲儿揍他，都被他轻易地就化解了。"

有几个女生笑了。

"那不就没有效果了吗？老师揍学生，让学生听话，仅限于学生比自己小、无法反抗、处于弱势的时候。如果老师再怎么发火，学生都不害怕呢？而且，如果老师动不动就动手打，或者严厉地吓唬你们、教训你们，通过这样的方式控制你们，你们又会怎么想？将来你们长大了，你们也会认为只要这样去做就好。可是，等你们长大成人进公司了就会发现，几乎没有什么事情，是能够靠动手或动怒能解决的。比如，刚才有一位妈妈说了，可以再狠一些。"

久保老师朝教室后方看了一眼。

"如果，那孩子是您客户的孩子，那还能下得去手吗？"老师说完马上笑了，"嘻，这就是开个玩笑。但是，根据对方的身份不同，有时候可能就是狠不起来。进入社会之后，很多事情靠狠也没法解决。所以，我希望你们记住一件事情——"

老师的话并没有多难，说的其实是些朦胧不清的东西，可我心里却开始有了七上八下的感觉。

"面对不同的人表现出不同的态度，是最丢人的事情。"老师露齿一笑,"对方弱势,武力管用时就扇巴掌;对方强势或者是不好惹的人家的孩子,就不扇巴掌。那是最差劲的做法,也很危险。"

危险?什么意思?

"因为对方弱势,你就对别人狠一点儿,是吧?可是,事后你或许会发现,这人其实是个很有实力的人。在动物的世界里或许还行,可在人类的世界,尤其是现代社会里,从外表无法判断一个人所拥有的力量。所以,人的强弱,不等于肌肉或体格的大小。一个人很有可能某天就会在工作上跟你打交道,甚至成为你的客户。"

家长们沉默了,不知道他们此刻的心情是意外还是不耐烦。

"我希望你们记住的是,人能够生存下去,靠的是和其他人之间的关联。对人与人的关系来说,什么事情最重要,你们知道吗?"

"送年货?"说话的是福生。

他或许是认真的,但大家都笑了。我也感觉周身轻松了一些,这才意识到刚才自己一直很紧张。

"送年货,那也是其中之一。"久保老师如此轻松地和我们交流,我是第一次见,"但如果一个人给别人送年货,只是为了让别人认为自己是个好人,那又会怎么样?——会适得其反。站在这个角度来看,最重要的——"老师伸出一根手指道,"是评论。"

又有了一些笑声,虽然比刚才的少。

"评论可以帮助所有人，也可以阻碍所有人。那个人是好人，那个人有意思，那个人好可怕，那个人以前做过很坏的事，这些评论，会在很大程度上左右人与人的关系。如果文具盒掉在地上是故意的呢？或者是有人硬要指使其他人那样做呢？比如指使的人是个狡猾的家伙，不想自己亲自动手。"

班上一定有好几个人看向了骑士人。

"即便没在老师面前露馅儿，班上肯定也有其他同学明白。他们心里都有数，那个谁谁谁，那个某某某，上课时把文具盒扔地上捣乱，还有那个谁谁谁真是个奸诈的家伙。这些都算不上是好的评论。"

这样活泼、这样饶舌的久保老师让人感觉新鲜，大家都不知道究竟发生了什么，教室和往常一样却又不是以往的课堂，或许教室里出现了许多家长这事情本来就不正常。现实纠缠在了一起，我感觉像在做梦。

"我想大家都知道，给身边的人找麻烦是不好的。不想给别人添麻烦，这一观念的理由，肯定不是出于我们想做个好孩子。这是人类长久以来，通过集体生活所形成的习性。因为在集体里，拖累别人的人，一定会遭到排挤，大部分人应该都有这种想法——不想给周围人添麻烦。但是，这中间也会有人故意要给人添麻烦。因为，当今人类社会，人在集体里稍微带来一些麻烦，也并不会马上遭到排挤，这当然是件好事，而故意找麻烦的人也只是依仗着这一点而已。你们或许也正受着这种人的困扰。即便你们告诉那些人，把找麻烦当成找乐子并不好，他们也不会有所改变，大部分时候也不会反省。所以，你们只要在心里想，他们真可怜，就可以了。你们要明白，这种人，是无法自己去发现乐趣的人。别看他们从别人手里抢东西，对人施以暴力，归根结底，他们只不过是想不出靠自己获得快乐的方法而已，他们是可怜的人。当然了，我们班里并没有这样的人。"久保老师还强调得那么郑重其事，挺滑稽，"如果，我们遇到那种找别人麻烦取乐的人，只要在心里这样想就行——真可怜。"

久保老师说得很流畅，感觉很开朗，让这些话听起来似乎很轻松，可内容本身却是阴暗的。我又困惑了，估计其余所有人也一样，或许就连身后的那些爸爸都一样。

"做了坏事要受到法律惩罚。体育规则也是一样的道理。但是，还有许多事情，法律和规则手册上都没有记载。有些狡诈的行为或者灰色地带，法律约束不了。而真正考验人性的，正是这些没有明文规定的场面——老师是这样想的。前不久，老师见过一个人，他因为一件跟自己没有直接关系的事情，一直想不开。那件事情跟他只有间接的关系，他却很痛苦，认为有人或许因为他而受到了伤害。"我觉得，只有提起这件事的时候，久保老师的声音才显得有些湿润。

"老师觉得，这虽然有些夸张，但又有些令人感动。"

到最后，他的声音模糊不清了。我有些担心，久保老师会不会在哭？

"人与人的关系出乎意料地近。熟人的熟人，或许也是你的熟人。间接认识的一个人，其实，可能是你本就直接知道的人。

有时候你以为没关系，结果却会造成很大的麻烦。扔一个铅笔盒或许本来不是什么十恶不赦的坏事，只是间接地给别人造成困扰。事情发生的时候，你也可以认为自己反正没有触犯法律，于是一犯再犯。但是，如果有人能明白，自己其实是做了一件坏事，这个人就了不起得多。而这种了不起，会带来相应的评论，这种评论又会帮助你们。"

久保老师的声音停下，教室里又重回寂静。

"刚才那些，也可以是一种思路。"久保老师仍然表现得很愉悦，"怎么样，老师像这样说个不停，是不是吓到你们了？"

是的，吓得不轻。

可是谁也没回应。

过了一会儿，有人举手，说："老师。"

"怎么了，福生？"

"老师，你怎么突然变了？"说到点子上了，他道出了大家心里的疑问。

家长中也有了笑声，教室里的沉闷似乎减轻了一些。

久保老师有些不好意思，眯起眼睛，说："这个嘛……"他小声说着，又停顿了一会儿，像是在烦恼，究竟该说出真话还是另找说辞？

令老师变化的，一定是那场和润的爸爸之间的见面。

那个大雨洗刷的夜晚过后，他的诅咒仿佛都被化解了，一身轻松。

当时，在福生扔出文具盒之前，老师准备从纸袋里拿出什么？他本来究竟打算去做什么？

我以为他会谈起那些事情，但我猜错了。

"就像一开始说的那样，老师不希望大家成为那种因为人的不同而改变态度的人。说白了，对方是个什么样的人，你也无法一眼看出来。或许你瞧不起对方，最后却发现对方是个惹不起的人。单凭第一印象和感觉，主观判断一个人，是要吃苦头的。所以，不管对方是什么样的人，都要和善地、有礼貌地对待，这样才最好。如果不是这样，当你明白对方并不是你所想象的那种人的时候，你就难办了，也很尴尬。"久保老师微微一笑，"所以——"

所以？

"一直以来，我都在伪装成一个不靠谱的老师。"

骗人。我明白，他并不是因为那种理由。只不过，"不是这样的"这种话我也说不出来。

"因为老师好欺负，有人就不遵守纪律，说得不好听点儿，就是得意忘形，这样的学生也有。反过来，还有一些学生，不管老师怎么样，都会严格要求自己。"

"为了看清这些，你就故意装成一个没用的老师？"福生似乎很不满意，"这也太有心眼儿了吧？"

"确实。"久保老师不住地点头，还在笑，"我其实很有心机的。"

"哦，老师！"福生又更大声地喊道，"过去的那些，都是为了混迹于世的伪装？"

久保老师苦笑着歪起头来,仿佛在问那是什么意思。

"看起来是汽车的模样,但其实是外星人?"

"完全不是。"久保老师面无表情的否定显得很滑稽,教室里都笑开了。

"将太,刚才久保老师的话,你听明白了吗?"课上完了,正要放学,我在教学楼入口处换鞋子时,福生来问我。他背着书包,却没扣好,书包口那里噼里啪啦直响。

"不大明白。"

"我觉得,他说别人的评论很重要,这倒是有点儿道理。"

"有道理吗?"

"那或许才是真正的久保老师。"

"真正的?"

我想起了游艺城门口,称呼久保老师为久保的那个姐姐。她说,久保很期待成为一名小学教师。而今天老师身上,有那种感觉。

"真正的擎天柱领袖。"

"你也不嫌腻。"

出了教学楼,我们穿过操场朝外面走去。就在那时,骑士人从后面赶了过去。

这就是那位了。我心想。就是那个名声在外的、骑士人的爸爸。

"骑士人，对不住啦。还是没来得及，我真是紧赶慢赶。"

"没事没事。反正也不是什么重要的课。"

骑士人这样说话，他爸一点儿也没有要纠正的意思。

他爸的视线望向了我们。"骑士人，他们是你朋友？"他说。

"同学。算不上朋友。"

骑士人的话让我们心头火起，可他爸却只是呵呵一笑。

又一个人小跑着赶了过来，是个身穿西装的女性。

"哦，福生，真对不起。"她朝这边走来。

福生有些不好意思，叽叽咕咕回应了些什么。

"工作时间太赶了。我还挺想看你上课呢。"

"嗯。那也没办法。"

福生的口气听上去挺成熟，但看起来却似乎更幼小了。

我稍稍打量了一眼福生妈妈。福生总穿着那一身单薄的衣服，我心里一直挺好奇他妈妈会穿成什么样。看见她的服装并没有单薄得让人发冷，我心想这也是当然。她挎的包似乎挺高级——我妈好像没有——看上去很贵，跟她也挺配。整个人感觉挺干练，身板笔直。

"哟？"发出声音的是骑士人的爸爸。

我正觉得奇怪，他就朝这边走了过来。"这不是保井女士吗？"他忽然低头行礼。

"哎，"福生母亲应道，然后还亲切地打了个招呼，"承蒙您

"喂，骑士人。"福生叫住了他。

"干什么？"

"你还是别干那事了。"

"你说什么？"

"扰乱课堂的事。"

"我才没干那种事情。"

"久保老师不是都说了吗，骑士人，你就是爱在上课时捣乱的家伙，给别人带来麻烦也一点儿都不在乎，大家都会这样看你。虽然嘴上不说，大家可能都在心里觉得你好可怜。"

"才没有呢。"骑士人恼怒的样子跟平时不大一样，那种游刃有余的感觉没有了。

或许，久保老师那番话，比起我们来骑士人才理解得更透彻。

"你少管那些了，福生，还是想办法解决一下你那身穷酸衣服吧。"

"久保老师不是说了吗，因为人而改变自己的态度可不好。从外观啊，衣服什么的判断一个人，瞧不起人，是要吃苦头的。"

"根本没那回事。"

"哪回事啊？"某处传来一句问话声。

"啊，爸爸！"骑士人的声音大了起来。

一个高个子、肤色晒得黝黑、外形帅气的男人站在一旁，看上去仪表堂堂。

一直关照。"

"哪里哪里，我才是要感谢您呢。"骑士人爸爸的态度比刚才谨慎了许多，"上次多亏了保井女士，您真是帮了大忙了。"

工作往来？我在一旁茫然地看着两人对话。骑士人则显得有些担忧，他问道："爸，这是你熟人？"

"是我们的广告赞助商，是客户。人家一直很照顾我们。原来你们一个小学呀。"

"就是，"福生的母亲沉稳地点了点头，"这世界还真是小。"

"哦？"福生咕哝了一句，然后说，"妈，这是将太，我们最近常常一起玩儿。"

"谢谢你呀。这孩子老穿一样的衣服，看着邋邋遢遢的。"她不好意思地笑笑，"因为那是以前他爸给买的。"

福生似乎很害羞，挥手道："才不是因为那些呢。"

爸爸给买的，所以呢？这问题我问不出口，我只是看着他身上的衣服，那件因为洗过了头已经变得很薄、连商标都快没了的T恤。

"保井女士，真没想到您家孩子跟我家的是同学。喂，你有没有跟人家好好相处？"骑士人的爸爸语气稍显强硬。

"你们是朋友吧？"福生妈妈也问他。

福生微微一笑，那神情，仿佛擎天柱领袖那句经典台词随时会脱口而出："我有个好主意。"

骑士人一边窥探着爸爸的脸色，一边看向福生。看得出来，他那是在恳求。

福生面带着笑容，为了作答，深深地吸了口气。

他违反体育道德

剩下多少时间我完全不在意。观众席上,我的父母以及队友的家长,正七嘴八舌地发出叫喊。

"明明是我们在打球,他们却比我们还懂似的,真是难以理解。"骏介以前这样感慨时,大家都表示赞同。家长们明明没有打球的经验,却要在看比赛录像时说出"步,这里你为什么不投篮""刚才你应该传球"之类的话。那种心态真的难以理解,他们就不会难为情?

对方叫暂停,我们回到休息区。

我看了看比分。还剩一分钟,差三分,我们落后。感觉好像没希望了,又觉得好像还有机会。

"辛苦辛苦。还有机会。"矶宪教练对我们说道。他是我们学校的老师,据说有打篮球的经验,但打得也不是特别好。

我们剧烈喘息,五个人交换了眼神。

"差三分。""得赶快把球抢到手。""就剩一分钟啦。"

打中锋的刚央投篮得分之后，对方叫了暂停。或许他们害怕我们趁势掌握比赛的主动权。接下来对方发球，如果让他们得分就很难受了。

"再传一次，刚才那是个好球。匠，再像刚才那样传个球给我。"刚央说。他六年级，身高一米六五，体格健壮，完全称得上是顶梁柱一般的中锋，可对方队伍里还有个体格更大的，这场比赛一直没让他在舒服的位置拿球。一直到比赛尾声，刚央才终于可以伺机反扑。

"可是，我怕被对方抢断。刚才那球是运气好。"小个头的匠轻声嘀咕道。匠的传球一直很犀利、精准，反弹角度和传球路线都绝佳，越过对方防守线的上抛吊传也传得很好。就连匠都如此谨慎，对方打得可能真不错。

"三津樱，如果外围有机会你可以投篮。"矶宪对我旁边的三津樱说。

三津樱总是笑嘻嘻的，可能因为脸圆的关系，给人感觉就像一块软绵绵的点心。不过此时的他也神情严肃地点了点头。

"要是有三分球就好了。"我下意识地说。少儿篮球不适用三分球规则。哪怕投篮得分的位置再远，都是两分。

"就因为你一点儿不出力，才让他们追上来了！"

对方的休息区传来大声的怒吼。我循声望去，男教练正指着大个子选手责骂。体育馆内安静了下来。

"追上来是因为我们拼，那孩子可没做错什么。"矶宪脸上的神情有些落寞。

"熟悉的味道。"骏介咕哝了一句，我们都笑了。

本来我们队的教练并非矶宪而是另有其人。少儿篮球跟上初中后的校队不一样，跟学校没有直接关系，所以常常由校外的普通人带队训练，指导比赛。我们队的前任教练，据说以前曾是知名选手，是个永远在怒吼的老头子。虽然说是老头子，却感觉比我们还要精神许多，每到比赛时，就从开始喊到结束，大声斥责失误的选手。我很不喜欢他，但又觉得篮球可能就这样，便也默认了。我告诉自己，为了和大家一起打篮球，就得忍受这个老头子的辱骂。而且，经历过比赛的都明白，并不只有我们队的教练发怒。虽然不是所有教练都那样，但确实很多，作为一个孩子，我以为这样才是正常的。

对此表示了质疑的，是个意料之外的人——三津樱的妈妈。那是刚升六年级的时候。

训练时，教练因为我们没能按照指示做出动作而格外恼怒，老头子像发疯一样愤怒地叫起来。当时出现失误的是三津樱，他便对着三津樱大加责备。

那时候，三津樱的妈妈出现了，她的相貌和三津樱极其相似。或许她原本打算在接孩子时顺便参观一下训练。她很年轻，比我妈小十岁。三津樱曾这样说过："我爸妈离婚了，听说我爸是个痞子。但我妈不是。"

这位三津樱的妈妈，对教练说了这样一句话："唉，那样没用的。"

所有人，当然包括教练还有我们，以及在场的其余家长都很意外。三津樱妈妈则拿手捂住嘴道："哦，对不起，我不小心说漏嘴了。"可是，她并没有就此停止，而是像个未经世事的大小姐一样毫不在意周围的眼光，走到教练身边道："教练，我们家三津樱呀，你那样骂他，他根本不怕。"

三津樱的表情一下子缓和了下去，慢悠悠地点着头。明明气氛那么紧张，三津樱母子之间的交流却那样漫不经心，我不禁笑了出来，可是看见教练那张狰狞的脸，又慌忙控制了表情。

"你那样对他讲话，他就会当耳边风。让他感觉害怕的东西，可能跟我们的不大一样吧。这事我也挺烦的。"

三津樱的妈妈说话总是慢悠悠的，仿佛她是生活在一个与世无争的国度，那架势并不像是在跟教练争吵，而是试图用话语来让对方臣服。实际上三津樱身上也有点儿这种气质。

教练满脸通红，好像还在发抖，也不知是不是因为生气。三津樱的妈妈又继续道："哦，不过，教练，如果你只是想缓解一下压力，或者就是心里气不过想要骂他，那你就骂吧，完全没问题。"这番话从她嘴里说出来，也好像是幼儿园的老师在对小朋友说话。"我们家三津樱根本不知道怕，这样正好。"

"想想也是——"后来，只剩下我们这些孩子在的时候骏介道，"老大不小的人了，面对小学生，非得把脸凑那么近，骂那么凶，否则就教不好，这确实挺丢人的。"

他说得确实没错。"假如出现了三津樱那种不懂得害怕的家伙，但除了恐吓之外又没别的指导方法，那身为教练，不就无路可走了？"

"三津樱的妈妈真是眼光锐利呀。"

最后,过不多久教练就辞职了,或许他的指导工作难以进行了。

后来,学校听取了我们"没有新教练就没法打篮球"的建议,挺身而出的就是矶宪,他说他其实还有执教资格证。

矶宪应该并没听说过三津樱妈妈的那番话,但他从来没扯过嗓子,一直很冷静地指导我们。包括比赛的时候,他也没有以诸如"你为什么要那样打""快动起来""有没有想过应该怎么打"之类抽象难懂的言语给我们施加过压力,从来不发出没有必要的叫喊,具体的打法、跑动和站位都指示得很清楚明确。如果大比分落后输掉了比赛,他会去寻找对方的弱点,反复让我们练习打配合,告诉我们:"忘记比分差距。下一次比赛要赢他们。"最后,在经历惨败之后,我们也曾在第二次比赛时战胜过对手。

暂停结束的哨声响起,对方教练还是一直骂选手到最后一刻。

"我可不想输。"骏介盯着对方休息区道。

我也一样。如果最终结果证明实施暴力言语指导的队伍更强,那实在令人遗憾。

"还差一分。"矶宪把我们送上场时说道。如果这里落败,小学篮球联赛的赛程也就要随之结束。"你们知道在篮球的世界里,最后一分钟叫作什么吗?"

"叫什么?"

我转过身，大家也一样。

"叫作永远呀，永远。"

我们听着矶宪那无聊的回答，上了球场。

对方从底线发球，比赛重新开始。首先得把球抢过来，否则什么也做不了。如果再让对方得分把差距拉到五分，那形势就很不妙了，肯定就要绝望了。

我打的位置是控球后卫，盯防对方的控卫。如果能在他出手传球时把球抢下来，那是最好的，可是没那么容易。我从正面盯防正拍球的对手，让精神集中。不可以被他过掉，也不想让他传出好球。我感觉身体的每一处都充满了紧张感。

三分差距，还剩一分钟，时间越来越少。不可以急躁，但又会急躁。

面前的对手擅长运球。他拍得很慢，但我若鲁莽出手很可能被他抓住破绽给过掉。可是，我又不得不上。我可不想就这样等下去，耗光时间。

不要赌。

之前的教练常这样说，这不是赛马或者弹珠机。

如果顺利得手最好，可如果失败就要面临最坏的局面——他的意思是不要打这样的球。确实，有时候的确想碰运气赌一把，想象万一得手后的喜悦，心里觉得无论如何也想要挑战。

"我不允许你们那样不负责任地打球。你们按照我说的去打就行。"

老头子教练这样说过。我心里不舒服，感觉球员在他眼里就是一颗棋子，但我也明白赌博式的打法很危险。

矶宪也说过类似的话。"最好不要勉强。与其打一些动作花哨的球，不如老老实实地跑动，认真地反复执行每一个动作，那样会强上许多。"不过，他还补充了一句，"但如果……"

"但如果，比赛时，你相信接下来的行动将扭转比赛局势，那么你就去做。那不是赌博，而是挑战。比赛不是为我或者为你们父母，那是你们自己的比赛。挑战自己的人生，那是你们自己的权利。"

"如果不成功，事后再去道歉就行。失败了是我这个当教练的责任，成功了就是你们的能力。"矶宪又补充道，"感觉我这总结的还行，不过'失败了都是我的责任'这句好像有点儿过了……"他露出了苦笑。

能行。

我朝着球伸出了手臂。手上没有感觉。对方选手一个利落的转身，我被过掉了。

他得逞了。

是我的错。对不起大家。就那么一瞬间，我的脑海里翻涌起各种念头。输了，我得追上去。

吱——我身后，球场地板上发出一阵声响。

三津樱为了替被晃过去的我补位，冲了上来。对方稍稍失去平衡，横向运球避让，三津樱打掉了球。

好抢断！呼喊声在我体内震响。球在地上滚，三津樱扑了上去，对方选手也赶忙上去抓球。双方都是以膝盖跪到地上的姿势去抢球。

别看三津樱平时文文静静完全是和平主义者的架势，争抢或者救球可是一把好手。

他扑得很快。

而且，一旦抓住球就决不松手。

双方争球，比赛就会以对方发球的形式再次开始，所以这时候球一定要抢下来。如果是三津樱，那一定可以做到。我想。他一定会替我们把球抢到。

再晚那么一瞬间，裁判或许就要鸣笛了。三津樱稳稳地抓住了球，站了起来。

"三津樱！"

是骏介在喊。他正在往前跑，应该说，他相信三津樱一定能把球抢下来，早已经开始跑了，如今几乎已经跑到了篮下。

没有犹豫，三津樱传出了球。可是，传球路线也被对方预判了。对方选手起跳，手碰到了球，但还不至于被截下。一瞬间，欢呼声和哀叹声同时响起。

不过，球又被匠捡到了。他发挥小个子的优势，在场上跑起来好似溜冰，他在运球。

篮筐下的骏介有人盯防，他无法把球传过去。

"步！"匠把球传了过来。这里是三分线稍稍往后一点，四十五度角的位置。防守我的人因为刚才跟三津樱的争抢，回防稍微慢了一点儿。

我面前是空的。我能想象如果往里运球，对方中锋就会上来挡在面前。在这个位置的话我就可以投篮。

投篮。我的大脑告诉我。我也明白，这时候不投还要等到什么时候？

之所以身体没有立刻动起来，是因为那一闪而过的念头："万一没进呢？"三分差距的激烈争夺，时间已经不多，我能浪费这宝贵的机会吗？我心里慌了。不投就不能进篮得分。这是当然了。可是，如果没进呢？

能够迈出重要的一步——父母之所以给我取"步"这个名字，似乎是寄托了这样一种期望。可是，我却在至关重要的时刻犹豫了。

班级表演舞台剧定角色的时候，我也因为害怕举手时受人注目而放弃了想演的角色。春游去游乐场，遇着有人数限制的游乐设施，我也因为无法主动说出"我也要玩"而玩不上。

不迈出那一步可以降低风险。但是，想得到的东西也得不到。

一步，向前！

防守队员回到了我面前，高举起手。

机会错失了。现在连为此惋惜的余地都没有。我不知道还剩下多少时间。

再一次，球传回给匠。

匠跟我不一样，永远冷静，没有踌躇。他马上运球往里面冲。他运球的姿势很低，感觉可以直接运到投篮位置，可就在防守队员快站到面前时，他几乎以贴地的姿势把球传了出来。

球在地上一个反弹,到了三分线附近零角度的三津樱手上。

篮筐下,刚央为了抢篮板球正在抢位。

"三津樱、步,你们在外围时能投篮就投,我能拿篮板,没关系。"刚央常常这样说。气势是很足,事实上拿不到篮板的时候也有不少,可有他那句"我能拿篮板,没关系",就总感觉安心不少。

三津樱毫不犹豫地投篮,球画出一道美丽的弧线。时间仿佛静止了,我盯着球的轨迹,心里不住祈求"进去进去"。

球砸在篮筐上,弹了起来。现在不是为没能进球而惋惜的时候,这个篮板球落在谁手上,将决定一切。

刚央紧紧抬头盯着下落的球。同时他还抵住对方的高个子球员,抢占位置。

先跳起来的是对方球员,刚央在他之后起跳。他伸出手臂。身高上虽然输了,但起跳的势头和时机的判断上是刚央胜出。他的指尖碰到了球。

球又被挑起,刚央再次起跳,又托了一下。谁都没能拿住,篮球仿佛成了烫手的山芋,在半空乱跳。

我看见刚央终于双手拿稳了球,双脚同时着陆。直接拿下吧!我在内心呼喊。

刚央面向篮筐,他面前有两名防守球员,他们站在那里高举双手,仿佛一堵墙。

就在那时,骏介仿佛一阵疾风般跑来。他面向篮筐,无声地奔跑。

刚央朝骏介传球，仿佛早就知道骏介会出现在那里一样。

骏介，靠你了。

接到球后的骏介马上绕到篮下。

声音都消失了，骏介敏捷的动作看上去十分缓慢。

起跳，身体扭转，他打算反手上篮。

他的胳膊伸展，球随即离手。进去呀，我盯着球心里还在祈祷，球穿过篮网的声音就已经传了出来。

骏介做出庆祝的手势看向刚央，那一瞬间，我听见有人在欢呼。我的右手也握成了拳。三津樱的表情舒缓了。匠也神情轻松地发声道："还差一分。"

剩下二十秒不到。

这二十秒时间里，只要对方没把球权交到我们手上，就可以胜利。我第一反应是想干扰对方的底线发球，可还没站好位置，球就已经传了出去。

我想抢断，可太过勉强又会像刚才那样反被对方过掉。犯规也要避免。我头脑里的秒表——准确说来应该是沙漏，那里面的细沙正以惊人的速度不断下落。

过了中场之后，我负责盯防的人停下了脚步，原地拍球。这样让时间结束就是我们输。必须行动起来，我心里想着，但同时还在害怕失败，无法做出行动。

就是那个时候，匠从我身边冲了出来，这下形成了双人包夹。对正运球的持球球员进行联防是可以，但这样一来，匠原本负责的那名球员就无人盯防了，这样也有风险，不过匠或许觉得，眼下已无法去考量什么风险了。

这不是赌博，是挑战。

一个人时没有自信，两个人的话我觉得有希望。灼热的自信仿佛正从背后升腾而起。

对方有些急了，球运得有些歪。匠以极低的身位抓住了这一瞬间，几乎只有一点点，但指尖碰到了前方的球。

球滚到了地上，我抓住了。

"步！"骏介从身旁跑过。对方的防守队员也在跑，在旁边紧盯他。

这种场面下，骏介永远都能得手。一直以来都是，这次一定也一样。

长传我拿手。

我瞄准骏介奔跑路线的前方，把球扔了出去。去吧。骏介拿到球，跑了起来。他的速度是那么快，仿佛腾起了一阵烟尘。就这样直接上篮得分，逆转比赛——我的眼前已浮现出这样的影像。看了一眼时间，还剩五秒。

能行。我想。可就在那之后，骏介摔倒了。可能是地板打滑，他一下子失去了平衡。

"呀。"体育馆里似乎传出了惊呼，然后就没了声音。也可能是我捂上了耳朵。

我看见骏介慌忙起身，而对方选手捡起了球。对方正运球要走，却被骏介突然伸出的脚绊倒，摔在了地上。

裁判的哨声响了，他的右手抓住左手手腕，高举了起来。

"违反体育道德犯规。"

我正回忆那时候的事情,三津樱就问我道:"步,你发什么呆呢?"

"我想起了当初那个违体犯规了。五年前的。"

"违体?哦,骏介那个?"三津樱慢吞吞地问。

骏介的表情看起来很不耐烦,他咂嘴道:"好不容易见一面,别想那些了。"

"就因为好不容易见一面才要想嘛。"

小学六年级最后一届少儿篮球联赛,我们输掉了那场比赛,最终没能冲进决赛而画上句号。违背体育道德犯规,如果从字面直译的话,差不多是"体育运动员不应该有的犯规"这个意思,总之就是很严重的犯规。让对方罚球两次,然后再由对方发球。当时对方队伍两罚全进,比赛就那样直接结束了。

"我偶尔也会想起来。"刚央说。

"我说,违体犯规也没那么罕见吧?"

就算不是特别过分的动作,比如只是为了阻挡对方快攻而故意犯规也会被吹违体,所以这确实不是什么罕见的犯规。

"只是,那么光明正大地给对方下绊的犯规就很罕见了。"

"我都说了我不是故意的。"

初中毕业后，我们五个人各自上了不同的高中，差不多快两年没有所有人聚在一起过了。

星期日的午后，天空是清爽的蓝色，也不见一丝云，仿佛是在庆祝我们的重逢，或许也算不上庆祝，只是纯粹地没有干扰。

我想起了刚才在矶宪家里，他从窗边的床上坐起身体，隔着窗帘望了一眼窗外道："放晴的秋天。"

"刚央，你的个头儿就小学时候是最高的吧？要说身高，现在我比你还高些呢。"骏介故意这样揶揄，或许是不想再因为那次违体犯规而受到指责。

"真要回忆，就回忆回忆我初中最后那次二加一啊。那可是追平比分，一击必杀。"

"那场比赛最后也还是输了。"匠说。他在我们当中依然算小个子，但却是我们当中最成熟的一个，而且还是个帅小伙，私底下的着装也挺时尚，感觉我们都被他甩下了一大截。

"那些先不说了，骏介，你刚才说，你退出篮球队了？"

"是退出了呀，退出了。"

面对在床上坐起身的矶宪，我们谈起了各自的近况，那时候骏介是这样说的："老师，我退出篮球队了，现在是放学就回家。"可能太出乎意料，我当场并没能就此追问，三津樱估计也是差不多的心情。

刚央似乎之前就知道这事，小声嘀咕着："真是的，太可惜了。"

"为什么退出？"

"各种原因。"他简短地回答。

"那么，还在继续打篮球的，就只有刚央一个人了？"三津樱慢吞吞地说道。

匠考上了县*里数一数二的重点高中，而且还是重点班，为了成为像父亲那样的医生，现在每天都在好好学习。三津樱上高中后虽进了篮球队，但后来又退出了，说是要给母亲经营的咖啡店帮忙。我呢，和同学组了乐队，水平业余但也有些演出什么的，没什么特别的目标和野心。

初中时候篮球队员也不多。但那会儿，因为怕少儿篮球队员不够数，我还把班上同学邀了个遍，可当时正赶上网球流行，最后加入的也就五个人。最后那一年，虽然也带上了低年级学生，不过上场拼的几乎就我们这五个。我们五个人一直一起打球，现在却各做各的事了，想来也挺奇妙。

刚央和骏介一样，也去念了一所篮球名校。虽然因为不怎么长个儿而烦恼，但仍在主力预备队里勤恳训练。

"我还一直期待着，在高中队伍里跟骏介比赛呢。"刚央十分严肃地说道。那明明是十分平淡的话语，听上去却像是诚恳的表白。

骏介无言，只拿干瘪的笑回应。

"也不知道矶宪究竟什么情况？"我总想着该说点什么，脱口而出的就是这句话。

"匠，矶宪的病究竟怎么样了？"刚央问。可匠也只不过一

---

* 日本的县是市的上级行政区域。

个头脑聪明立志读医的高中生,他也无法对矶宪做出什么诊断。

匠似乎连"我怎么可能知道"这种话都懒得说出口。

"矶宪自己不是说过吗?'反正都这样了,我还是待在家里比较好。'不就是那么回事了吗?"

"'那么回事',是怎么回事?"

得知矶宪因病没有继续教师工作而在家休养,是在大约半年前。是我妈听别人说的,据说似乎病情严重,估计是癌症。我很震惊,矶宪明明还年轻。我想着应该去看望一下,可我还是老样子,总是无法踏出最后一步。正为此而烦恼,结果后来碰巧在补习班下课回家的路上遇到了三津樱,他很干脆地说道:"必须去看望。"

跟我妈商量过后,我就往矶宪家打了电话。她夫人回答说"请你们一定来",态度如此干脆反而让我吃了一惊,所以决定召集少儿篮球队的五个人一起去。

矶宪满面笑容地迎接了我们。他玩笑似的说"我闲得都不知干什么好了",听上去却像发自内心的真话。我们没见过老师穿睡衣的样子,面对他那身过于休闲的打扮显得不知所措,感觉他的身体小了很多。起初我以为是因为自己体格变大了,可从裤腿处瞥见他的小腿简直细得吓人,我甚至不忍心再看。

"老师,您得的是什么病?"

刚央的问题太直接,甚至听上去有些失礼,或许也是被老师那枯瘦衰弱的外形震撼所致。

我们虽然来探望了,但却不知道应该如何面对一个病人,应该对他说些什么,在那里一直如坐针毡。

"是癌呀,癌症。"矶宪说着,似乎并不勉强。他还告诉了我们是哪里的癌,但我并没能记在脑子里。

回家路上,我们五个人仿佛变换阵形的空中部队一般,时而排成一列,时而两列,边走边说话。有人提议去车站附近的快餐店,除了说"今天晚些时候要考试"的匠之外,所有人都表示了赞成。

"那个是真的吗?"说话的是刚央。

"哪个?"三津樱反问。匠则猜道:"是说矶宪看比赛的事情吗?"

"身体状况不好的时候,用药治疗太难受的时候,我就常常看你们的比赛。"矶宪这样说。

"最后那场比赛,最后一分钟落后三分。后来的比赛发展真是让人热血沸腾。感觉整个人都精神了。是真的精神了。"

那时候的矶宪,相当于球队的临时教练。我们毕业后,他还在少儿篮球队留了一段时间没有离开。或许他的身体从那时候起就已经不好了。总之,我们当时那场比赛应该是给他留下了深刻的印象。

他说,他把我们的比赛录像刻成了 DVD 碟片,有时候没法播放观看,他就在脑子里回想。"我看了一次又一次。我告诉自己,大家都如此努力,我也要加油。"

一次又一次,矶宪强调说。

我们都很不好意思，没能立刻做出回应，过了一会儿，骏介开玩笑似的问道："您的回忆里，我有没有被吹违体？"

"绝对犯规了。自己脚底打滑还那样犯规，真是过分。"矶宪张大嘴巴笑了。他的笑容和以前一样没有改变，可面庞却似乎比以前模糊了许多，我有种凄凉的感觉。

"哎，那个。"刚央说着，那时候我们正从市民公园旁边路过。他的手指向了公园草坪广场的一角。

那里立了一个篮球架，看起来还比较新。

"去看看？"刚央说。

"去看了又能干吗？"匠不满地说道。

"又没有球。"骏介也有些不耐烦。

不过，横穿公园也算是条近路，所以我们还是进了公园，走过了草坪广场。

以周日的午后来说，公园里还挺空，不过还是有一些小朋友在各处玩耍。

篮球架所在的位置比较靠里，看上去像个街球场地，远远能看见有人在打三对三。

"让人家带上我们吧。"

"刚央，我又不是你，初中毕业后我就没打过篮球了，我可动不了。"我说。

"就是就是，我前段时间上体育课时打篮球，投篮根本投不进。"骏介似乎想掩饰自己的难为情，还打了个哈欠。

"哎哟，骏介，你那可不行。"

"干什么？三津樱，你还不是很久没打球了？"

"我跟你不一样啊。骏介，你得好好加油打球。"

"凭什么？"

骏介对于退出篮球队的理由避而不谈。所以，我也在犹豫是否该谈及此事，可三津樱的语气却十分直接，我有些吃惊。

"因为我一直都觉得骏介你应该成为一名篮球选手。就算最后当不了职业的，也是一直打球的那种。"

"我都说了不可能的。"

"那就在YouTube上做个博主也行啊。最近挺多的。去找人打一对一，或者做投篮挑战什么的。"

"YouTube？我？"

"骏介，你其实有那个气场，我看你挺适合。"

"三津樱，没完了还？"骏介粗暴地打断话题。

"是啊，关于这个事，我可还没完呢。"三津樱说。

骏介虽表现得不耐烦，但也没有回避而是径直朝着篮球场所在的方向走去。可能他其实还很想打。我跟在他们身后，心想着能久违地见到刚央跟骏介一起打球，也挺让人期待。

"步，过来。"匠忽然叫我，可能因为我离他最近。

我感觉他有些不对劲儿，仔细一看，发现他正望着广场边长椅附近的一名男子。

那男子看上去刚站起来，身上还带着一个双肩背包，穿着墨绿色的外套，蓝色牛仔裤似乎并不是很搭。他体格健壮，肩膀也很宽，但可能因为有些驼背的关系，感觉不到什么活力。

他的年龄应该比我们大，可能二十几岁吧。这么年轻应该不是带孩子来公园玩的父亲，或许是趁休息日来公园放松放松，又或者是出于时间上的安排在那里小坐片刻？

所以，当匠说"那个人，是不是很可疑"的时候，我并没理解他的意思。

"嗯？什么？"

"怎么啦？"三津樱转身，刚央和骏介也停下了脚步。

"那个男的，"匠完全不顾什么礼仪，手指着前方男子的后背道，"是不是很可疑？"

"怎么可疑了？"

"最近不是经常发生吗？在市内……"

我忽然明白了他说的是什么。大约半个月前，发生了一起街头凶杀案。一名年轻男子胡乱挥刀，有人死在了步行街上。新闻上播了，凶手被逮捕后没有丝毫悔意，只是不停说着对于自身生活的憎恨。

"那种事情，一旦发生了一次，就会在各处接连发生。"匠说，"就好像会传染。或者说，提醒了一些人——哦，原来还可以那样。"

墨绿色外套的男子朝着在沙坑里玩耍的孩子们慢吞吞地迈开了脚步。

我们五个人互相看了看对方。

可能不妙。我心里这样想，但脚下却没有立刻行动。他的双肩包没有背起来,而是拿在手上。就在我感觉他那模样有些不对劲儿的时候,他的手已经伸进了包里。不祥的预感流过我的全身。立即行动——我的手脚和内脏都做出了这一判断,但大脑却在制止,它说:还是要慎重行动为妙!

我想起了比赛的时候。小学时代最后的一次大赛,那场比赛。还剩不到一分钟的时候球传到了我手上,前方没有防守队员。一瞬间的破绽,也可以说是机会,我却犹豫了,没有投篮。因为我在害怕,我怕珍贵的机会因为自己而被白白糟蹋。

明明是紧要关头,却要环顾四周,踌躇不前,那就是我。"一步都走不了的步!"我的脑海里出现了这么一句话。那是上幼儿园的时候,不知哪个嘴碎的家伙对我说的,也不记得是小朋友还是家长了。说话的人或许觉得这很幽默,可它却像诅咒一般留在了我的身体里。

刚央和骏介蹬腿跑了起来,留下我在原地。

"那个谁,你等一下!"刚央刚开口喊,那男子已从包里掏出了刀子。他将那把长长的菜刀握在手里,转过身来。

我感觉整个人都飘起来了,无法相信这竟是现实。

"危险!"三津樱在一旁惊呼,然后也朝前跑去,这下子我终于跟在了他身后。

男子的脸转向了这边,那仿佛只是个长有鼻子和眼睛的四方形轮廓,没有表情,宽大的额头很醒目,细长的眼睛让人联想起爬虫类动物。

他又再次背对着我们,脚步更快了些。他竟然大踏步地朝沙坑那边去了。也不知是有意还是无意，他的双肩包被扔在了地上，从包口里还滚落出好几把刀子。

我似乎听到了一声惨叫，但那可能只是我内心发出的声音。

刚央和骏介没有畏怯，他们在全力奔跑。匠跟三津樱也在跑，我跟在后面。

骏介没有犹豫，他追上疾跑的男子，将之往后一拉，用力使他翻仰在地。那男子竟然又在地上忽地翻了个身。

刚央顺势而上，骑在趴倒在地的男人身上将他制住。骏介从他手中夺过刀子，扔到远处。三津樱则一屁股坐在了男人的腿部，让他无法动弹。

"步，电话！"让骏介这样一喊，我马上掏出了智能手机，而此时匠已经在旁边打起了电话。

不管做什么我总是慢半拍，我真讨厌我自己。除了我之外的四个人，他们总是在做他们该做的事。

附近的家长也在惨叫，我听到了。

我一直傻站着，直到警察的车拉着警笛开到旁边。我明明没有跳跃，身子却在上下震颤。过了好一会儿我才发现，自己的心脏正发出怦怦的声音，血液在体内冲撞。

就在我回想当初这些事时，三津樱问道："步，你发什么呆呢？"

我们俩正站在体育馆外头，这里是十几年前我们上过的小学，几年前经过改造，跟原来几乎完全不一样了，体育馆也变得很气派。眼下这个时代都说孩子越来越少，也不知为什么这片区域养育孩子的家庭居然是越来越多，据说当初那些建筑已经无法适应儿童数量的增长了。

馆内传来篮球在地板上弹跳的动静，孩子们正发出呼喊。

"我想起六年前那件事情了。大家一起去矶宪家，回来路上……"那时候我们还是高中生。

"哦，矶宪。"三津樱怀念地说道。当初我听说，三津樱大学毕业之后跟朋友两个人合开了一家手机应用公司，心里还担心总是慢吞吞的三津樱能否经营公司，不过他身为工程师的技术似乎很过硬，公司上了轨道，生意也做得稳当。此刻他上身是夹克，下身牛仔裤，他说上班时也是这个装扮，我听了有些羡慕。

"打那之后，五个人聚齐这还是第一次，不自觉就想起来了。"我说。

"当时可真是不得了，还挺受关注的。"

"你最近有跟谁见过面吗？"

"在车站里遇到过匠，刚央一直没见过。骏介好像挺忙，他现在可是大名人了。"

"多亏了三津樱你呀。"我忍不住笑道。

"啊？我？为什么？"

"因为当初说让他去YouTube上做博主的,就是三津樱你呀。"

"我说过吗?"

他似乎并非装傻,好像是真不记得了。

"骏介开始干那个,大概是两年前吧?那跟我说没说过可没关系。"

"怎么会呢,有关系。"我很笃定,三津樱却没当回事。

"不过他可真厉害。之前我还看了,那播放量可不得了。"

"你说骏介的视频?"

"说来说去他还是喜欢篮球呀。"

"确实。"听说他退出高中篮球队的时候,大家都挺意外,而且很失落。不过考上大学之后,骏介就加入了当地球队,重新成了一名篮球选手。刚央欣喜地跟我报告这一消息的时候我都还记得,那封邮件的标题应该写的是"好消息"。

大约两年前,骏介做起了YouTube,开始上传一些一对一和篮球技巧的视频。这我也是通过刚央的邮件才得知,我记得,那封邮件的标题应该不是"好消息"而是"特别消息"。总之他的视频播放量挺高,而且还有粉丝,就连我都感觉好像有点儿自豪。

过去大家觉得这种事情近乎儿戏,只不过是上传自己拍的视频,就能赚大钱,是个轻松的行当,不过我也知道,定期制作视频,以及持续让观众保持兴趣并不是件容易的事情。我还挺感慨的,以爆发力见长的骏介能坚持这么久真的很了不起。

"还有刚央也是。当初还是小学生的时候，谁能想到他现在居然在教孩子们打篮球呢？"

三津樱继而问起了我父母的近况。

"在他们那个年纪里算身体好的了。现在他们还常常提起少儿篮球队时候的事情呢。"

"当时他们确实挺热衷支持的。"

"嗯，也很烦。"

现在想想，那或许是当初那些人唯一的乐趣也不一定。近似于长期支持一支球队的狂热球迷那种感觉。"我们当初是不是该对那些球迷好一点儿呀？"我说完，三津樱笑了。

不一会儿，三津樱手指着前方道："哎，那不是匠吗？"

我顺着看过去，一个穿着休闲西装、戴着窄框眼镜的男子正从校门方向走来。

"啊？那是……？"之所以这样，是因为那人比我所熟知的匠还要高出十厘米。

"他好像大学时突然又长个儿了。"

"当初打篮球时怎么不给我长高点儿。"

三津樱笑着说："我之前也这么说过，他没给我好脸色看。"

"他个子矮一点儿其实挺好的。"

头脑又聪明，又是学医的，长得也端正，他身上已经全是优点了——我估计三津樱话里的意思应该是这样。

匠背着一个时尚的双肩包走了过来，抬手道："步，好久不见呀。"

"你长高了。"

"'当初打篮球时怎么不给我长高点儿'这种话就不要说了。"

"我怎么可能说那种话?"我夸张地表态道。

"刚央在里面?"匠指着体育馆。

"刚刚我们看了下,正教小学生呢。"

"为什么选在这里集合?找个喝酒的地方等不就好了?"

"刚央说,他想在自己教的那些孩子面前炫耀炫耀——他跟那个骏介可是好朋友。"

"人气YouTube视频博主。"

"匠,你也看过骏介的那些视频?"

"看过啊。"匠让人感觉他对那些东西并不感兴趣。见他此刻貌似理所当然地点着头,我还有些开心。"骏介还是老样子,速度那么快。"

就是。我点头,心里感觉挺自豪的,仿佛那速度都是自己的功劳。

"对了,"三津樱心不在焉地来了一句,"骏介高中时退出篮球队的理由,你们听说过吗?"

"你知道?"当初我心里一直惦记着,但最终也没找到机会问清楚,就这么到了现在。

"不久前,我缠着他问过。"

"你还缠着他问过呢?他怎么说?"

"简单来说,就是跟负责人、教练,总之就是跟带队的人合不来。"

"哦——可以理解。"

"像骏介那种靠个人技巧单打的球员其实并不招人喜欢。"

不仅仅是篮球，团队竞技类的体育项目，一个人所能做的事情有限。不管运球多么娴熟，也不可能完全摆脱对方防守。必须靠传球、挡拆去打出系统性的进攻。当然，骏介也理解这种体制，从不吝啬成为一个棋子去行动。听说他当时是这样抱怨的："我只不过是偶尔打得自由了一点儿就要被骂，好像我是个小偷一样。"

"那是骏介的极限了。"匠冷静地说道。

"如果一个选手厉害得不行，自由单打倒也不是不可以。"

是赌博还是挑战，要做出区分很难。

"偏爱循规蹈矩的指导者挺多的。"我说。

"那是因为，最有效率的教育，就是循规蹈矩式的教育。"

"是吗？"

匠没有回答，而是伸手指向体育馆，问："为什么不进去？"

"我们觉着外人进去会不会不好？而且大家都在等骏介，我们进去会让他们失望的。"三津樱懒洋洋地答道，"所以呢，我就在这儿跟步聊天。"

"骏介人呢？"

"应该快来了吧？我刚看了那小子的 SNS……"虽不是定期查看，不过每当想知道骏介的近况，我就上网去搜。

"写什么了？"

"在母校和少儿篮球队时的朋友们见面。"

"冷淡。"

"冷淡的匠居然说别人冷淡了。"我说道,"不过,我倒是挺开心的。"

"有什么好开心?"

因为骏介在视频上传这一领域,而且是篮球这一兴趣爱好的特定领域里是个名人,而他面向众多身份不明的对象,还特意称呼我们为"朋友"。我这样解释,匠却向我投来同情的眼神,说我太小题大做。"总不能写'亲戚'或者'别人'吧?"他说。

体育馆里能听到有人在怒吼。

"你干什么呢?你干脆别打球了!"

匠的视线往上瞟了一眼。他的目光比过去冷峻了许多。"那个是刚央的声音?"

"那哪儿能。刚央要是变成了那样该有多让人失望啊。那好像是刚央的前辈。本来这支队伍是由那个人自己带的。"听说,让刚央来就是来给那人帮忙。

"我要说几遍你才懂?真没用!"他的声音再次响起,馆内十分安静。明明不是自己被骂,但我还是觉得胃部一紧。

"看来不是什么好教练。"匠说话很直接。

"听刚央说,他作为少儿篮球队的教练好像还挺优秀的。每年都能打造出一支强队来。"

听我这样讲,匠说道:"一支需要靠恐吓小学生才能变强的队伍,有什么好?"他的语气有些不以为然。

"可如果太松，孩子就会有惰性了。"我说出了我爸以前说过的话。我并不想替那位吼人的教练说话，只不过是为了避免意见的一边倒，就好像媒体都会从正反两面论述那样。或许因为我这个人性格上总想去找平衡，又或许这是公务员的一种习性——总要关注出于各种立场的市民意见。也可以说，我只不过单纯地不想太过激进。这样的想法使我心头有些沉重。

一步都走不了的步——我又听到了那个诅咒。

"想要让孩子们提起干劲儿，只需要适当的呵斥就足够了。需要的是坚毅的态度，而不是情绪化。更没有必要伤害对方的自尊心，让人出丑或者施加恐怖。"

"也是。"

"也不知道，刚央有没有起到让这个骂人前辈息怒的作用？"匠说着，换了个位置，似乎是想从门缝观察馆内情况，然后又回来道，"看不见呀。"

"那人是刚央的前辈，在他面前刚央除了劝他'用不着骂那么厉害'之外，似乎也说不上什么话。"

馆内又传出了教练的怒骂声。能听得出他在朝着孩子们大吼，但具体说了些什么并不能听清楚。

"把抽象的言语大声号叫出来，是独裁者才有的做法。"

"独裁者是那样的吗？"

"感觉到了对方的恐怖，却又不明白具体的理由，那么往后就只能看那个人的脸色行事。"

"是这样的吗？"三津樱如此问道。

"那时候的那家伙可能也是这样的。"

"'那时候的那家伙',这不就是一连串抽象的言语吗?"我批评道。

"就是六年前,那个案子的凶手。"

"哦。"刚刚我才想起那件事情,所以脑海里立刻出现了那个男人在公园里横冲直撞的背影。拿在他手上的刀,感觉比那时候的实物还要大上许多。

我看见了我自己,在大家都拼命冲上去的时候,只能在恐惧里驻足不前。

"那个凶手是怎么回事来着?"

六年前的那件事过后,我们上了新闻,和"高中生的榜样"这个标题一起成了热议话题,也陷入了害羞和麻烦的旋涡里。街道上、学校里,我们在表扬和调侃中度过了一天又一天,也因此疲惫不堪,而被逮捕的凶手却没怎么报道。

考上大学之后,我因为偶然的好奇上网搜了搜。当时那个凶手,有说他父亲是警方高官的,也有说是国会议员的,也有说是议员朋友的,总之是个有背景的人,所以凶手没有被判重刑就得以了事。不过那都是些难辨真伪的都市传说,也可能是阴谋论。

虽然他打算同归于尽，但实际并未造成死伤，所以我觉得也很难判他重罪。

"我后来在杂志上看到过，那个凶手，他爸好像很严厉，他长那么大一直都是看他爸脸色。说白了，他其实就是个受独裁者统治的人。然后，一直以来积压在心里的精神压力爆发了……"

"就有了公园那一幕？"

"我想起矶宪说过的话了。"三津樱缓慢而低沉地说道。

"什么话？"

"那件事过后，我们不是又去探望过一次矶宪吗？当时……"

那是因为协助逮捕罪犯而受到表彰之后，大家又聚在了矶宪家里。

那时候，我们当中不知是谁，在提到凶手时断定他就是个"不正常的人"，而矶宪则平静地说了一句"可能那孩子也有许多原因吧"。

"许多原因？"

"当然了，的确有人明明拥有无可挑剔的人生，却还抱着取乐的心情去伤害孩子们，但肯定也有人并不是那样，而是走投无路了。"

"就算走投无路了，更多的人还是会选择不去伤害孩子。"我说。

"是没错。"矶宪表示赞同，"但我觉得，这里面也有一部分人，并不是你告诉他们不准去伤害就能解决问题的。"

"老师，您这是性善论吗？您相信所有人都是好人？"我不清楚匠这番话是出于调侃还是本意如此。

"没有啊，"矶宪笑了，"可能正相反吧。"

"相反？"

"别说什么性善论了，我根本就没有相信过人。因为我自己就不是什么好人。正因为如此，我才这样说。"

"您什么意思？"

"在虚构的故事里，面对动用恐怖暴力的罪犯，或者是虐待弱者的坏人，只要主角去打败那人就好，皆大欢喜，我也觉得挺好。可是，现实可就不一样了。"

"您是想说，坏人也有好的地方？"

"才不是呢。"他横摇着头，像是在说正好相反，"我只是说，因为一个人是坏人就将其推下悬崖，抹杀掉，这是无法做到的。坏人，很难凭借魔法或者刑罚将其除去，也不可能请柯里昂阁下来把所有犯罪凶手都干掉。"

"谁啊那是？"

矶宪没有回答，而是说："罪犯总有一天会重返社会。这样的情况更多一些，不是吗？甚至可能就跟你住在同一个街道。所以，如果把那个人定性为'不正常'的人，或者是'难以接受'的人，不是反而更可怕吗？"

"是这样吗？"

"我是个现实主义者。如果说那个人被困在某处，一辈子都没法出来,那倒还好。"矶宪略带歉意地说道,"但是我认为,既然这世上还有必须回归社会的罪犯,那么还是多花点心思去想一想该怎么让其他人活得安稳才好。如果那个人活得不幸福,倒霉的是我们。面对一个恶人,能说出'死刑!先拉出去游街,再砍头示众'这种话的人才是梦想家。那根本不现实。"

"那,应该怎么办才行?"

"很难办,"矶宪果断地表示否定,"也没有必要对恶人和善,跟恶人也不可能处好关系。"

"那不就是没办法吗?"

"就是啊,没办法。"矶宪那张无奈地微笑着的脸,我至今还记得,"如果你们找到了答案,记得告诉我。"

伴随着哗啦哗啦的声响,大门被拉开了。我们正愣神,一看是刚央走了出来。他的面容跟以前相比没什么变化,但胳膊更粗了。面对那厚实的胸板,我几乎要为自己的弱小而抬不起头了。

"原来你们都来了呀,怎么不进来?"

好久不见。我们打招呼。"我们不想打扰孩子们训练,而且骏介也还没来呢。匠也是刚刚到。"

"你们先进来吧。"刚央朝体育馆里指了指。

"没关系的。"我们刚推辞,怒吼声就又响了起来,听在耳里就仿佛一头顺着门缝呼啸而出的怪物。刚央转过身去,皱着眉头,那样子似乎很为难。

"这就跟个祖传手艺似的,不管哪个时代都铁打不变呀。"虽然三津樱只是表情严肃地说出这句话,却让我和匠忍俊不禁,刚央的嘴就咧得更厉害了。

"感觉怎么样?"

"有什么好感觉的,那样不好。"

"匠还是老样子呀,毅然决然。"

"那种指导方式真的是有百害而无一利,你还是赶紧制止他吧。"

"我心里当然明白了。可是,要对自己的前辈说那些实在困难。"

我理解刚央的立场,因为那也是自己身为一名公务员在工作中实际体会到的东西。自己正确并不一定就能够说服对方,即便凭借讲道理使对方当场屈服了,事后跟对方的关系也会变得尴尬。如果说关系尴尬但却能改善事态,那倒是也可以接受,但大多数时候,状况并不会发生任何改变,只会跟对方的关系变得尴尬而已。

"家长们不来看训练吗?"我们当初打球的时候,家长们经常趁接送的时候来参观训练。如果教练在父母面前也不控制情绪骂出那些话来,我觉得,可能也会相应地引发一些问题。

"现在训练的时候,基本上家长是不可以来的。"

"瞒着家长虐待孩子。"匠鄙夷地说道。

"说实话,我们队的那些家长,有很多其实都是那种的。"

"那种是哪种?"

"都说什么：请好好教训他们。对孩子狠一点儿，没关系的。"

"真的？"我虽然这样回应，但其实我爸也是这种，所以我并不感到意外。

"很多的。还有些父亲说，自己小的时候就是被那样教训过来的之类。好像那很光荣似的。"

"自己经历过的苦，还要加在下一代头上，这样好吗？确实没必要惯着孩子，但是威胁和恐吓也没意义呀。"

"那些我都明白。我们以前不是经常谈论这些嘛。"刚央露出了痛苦的神情，"总之你们先进来。骏介应该也快到了吧，你们的事情我已经说过了，我说以前少儿篮球队里的朋友们会来帮我们一起训练。"

"刚央，我们跟你又不一样，现在让我们打球，我们会受伤的，到时候还给你添麻烦。"

"跟小学生比你们个头儿高呀。就站那儿当墙也算帮我忙了。"刚央说着就把我们往入口处领，"哎，对了，匠，你长高啦。"

"嗯。"

"当初打篮球的时候长该多好。"

刚央刚说完，匠就叹了口气。"你把身高当什么了？"他有些生气，确实他气得有道理。

进入场馆后,有二十多个孩子都朝我们这边转过身来。他们正经受着凶狠的责骂,一声都不敢吭,嘻嘻哈哈地走过来的我们显得有些不合时宜,不过这可能也正是刚央所希望的。可能他无论如何都想缓和一下场内紧张的气氛。

"山本教练,这就是我之前跟你提过的,我朋友。"刚央隔着一段距离就大声对教练喊,他的声音孩子们也能听到。

这位叫山本的教练是个光头,个头儿很高,皮肤黝黑。由于他肩膀也很宽,感觉很有威严似的,我心里也觉得"这模样孩子们看在眼里一定很害怕"。

山本教练做出指示,小学生们一阵小跑地就在我们面前列开了队。其中有几个也剃了光头。"请多关照!"他们劲头十足地打招呼道。那精神头简直令人目眩,就连匠都趔趄了一下。

"哦,对了,你们盼着要见的骏介还没到,不过也快了。"

以篮球为主题上传视频的骏介在孩子当中似乎也颇具人气,孩子们一定也很期待今天能见到他本人,所以我才急着先这样告诉他们。孩子们显得有些失落,但还是很有礼貌地跟我们打了招呼,随后又跑回山本教练那边去了。他们看上去就像一支训练有素的军队。

训练重新开始,我们走到了观众席那边,各自找地方坐好,然后茫然地观望着孩子们训练。

现在虽然不打了,但从孩子时开始一直到初中毕业,篮球一直都是我们生活的中心，所以我们对篮球还是有感情的。感受着球在地板上弹跳的震动，交错在眼前的传球，最令人心情激动的，就是听到球穿过篮网的瞬间那一声悦耳的"唰"。三津樱和匠应当也和我有着同样的感觉，他们都默不作声地看着小学生们训练。

不一会儿，对抗赛形式的训练开始了。

"人数比我们那时候要多。"匠看了一会儿后说道。他可能想起了当初为了达到最低人数要求，我们几乎动员了低年级的所有学生。

我们再次听到了山本教练兴奋的喊声，刚央也在大声指示。

"其实，打篮球时运球的声音很大，有时候不大声点儿可能意思也无法传达清楚。"

"这倒是。"三津樱的意见我也表示同意。

"不过，也用不着带着情绪狠骂。"

"也是。"匠的意见我也点头赞同。

"少儿篮球赛最后那一场比赛，对方球队的教练也挺凶的。"

就因为你一点儿不出力，才让他们追上来了！——那教练好像是这样骂的。我都不敢相信自己居然到现在还记得，被他那样骂过的选手印象或许更深刻。

怎么可能不出力呢？谁不想和大家一起赢。

"喂！你！"山本教练喊道。他的声音再次吸尽了场馆内其余一切声音，孩子们的身子一下子就僵住了。

"唉——"匠发出一声叹息。

训练暂停，山本教练勾动着手指，把一名小学生叫了过去："你真是，不管说几次你都不懂。"

两人的脸几乎要贴到一起了，根本没必要发出那么大声音。可能正处在兴奋状态吧，山本教练的言辞越发激烈。

孩子的脸在抽搐，直想往后躲，嘴里只顾着说"是"。

"嗐，那也许也是表达自己已经尽力了的方式。"

"那应该还有可改善的余地。剩下的孩子们都吓得够呛，如果那个反应不是真的，那就表示孩子们只不过在装出很害怕的样子而已。真要想教，其实没必要那么大声。他只不过想借此吓唬人罢了。"

"眼看着这些，"三津樱语气单纯地说道，"真感觉，通过体育根本也学不会做人呀。"

"不仅仅是体育，不管什么领域，有实力的人、在某方面擅长的人就有资格傲慢自大，跟本人是什么样的没有关系。"我既没表示赞成也没有反对，只是模棱两可地说道。

山本教练的话在馆内回荡："上次比赛就是你，稍微吃了别人一下犯规你就喊疼。你要是集中精神比赛，还能感觉到疼？"

三津樱听完这些话还问匠那是否有医学根据，那模样真滑稽，可眼下的氛围实在让人笑不出来。

我想看看刚央在做什么，结果发现他就在山本教练旁边，开始语气温和地指导起孩子们来。看得出来，他竭力过滤了骂人教练的台词，只将最重要的部分传达出去。他打算一方面保住教练的自尊心，同时又能缓和孩子们的恐惧。

紧张的气氛让人待不下去，我起身道："还是出去吧。"就在这时，门被拉开了。那动静让孩子们下意识地转过了头。

出现在众人面前的，是一名剃着短发的男子，外形给人感觉十分敏捷。只见他拎着篮球鞋进了场馆。

"哎，是骏介！"三津樱欢喜地喊道。

骏介扫视着体育馆内，发现了观众席上的我们，抬手打招呼。或许是山本教练做出了什么指示，孩子们突然都跑过去行礼。

孩子们都变得开朗起来，跟刚才完全两样，比见到我们时更加兴奋。

"骏介！"刚央喊道。很显然，他此时十分感激对方替他扫除了难熬的气氛。

从孩提时代开始，骏介就常常带头，虽然他并没有多么能言善辩，这一点到现在似乎也没改变。向山本教练打完招呼后他就说："大家来打比赛吧。"丝毫也不在意对方的训练安排。"步，你们也来吧，你们不都穿了篮球鞋吗？"他又对我们喊道。

真是没办法。我们从观众席上走了下去。要说此时心里不开心，那肯定是骗人的。

事发时，我正在观众席旁边一个叫作器具室的地方。众人欢快地打着比赛，也不知谁投出的球卡在了篮板背面的架子上拿不下来了，我于是出来找一找有没有长点儿的棍子什么的。

脚边的地上有几个篮球，我拿起一个来，环视四周。

器具室里光线昏暗，跟我们小时候不同，如今这里整理得很好，给人洁净的感觉。可就是怎么也找不到长一点儿的棍棒。可能没放在这里？

器具室外面，球场那边传出沉闷的"咚"的一声，声音短促、沉重且猛烈，仿佛有人从房顶上狠狠地砸在地上似的。我当即感觉是有人以粗暴的方法把球取了下来。我还听到有人惨叫，于是猜想那一定是个很大胆的方法，或许最终还失败了。我还觉得，他们挺闹腾。

我完全没想到，有可疑人物闯了进来，还开枪了。

正要拉开器具室的门时，我注意到了异常，然后停止了手上的动作。多亏当时停下了，我都想夸夸我自己。哪怕再多用一分力都会弄出动静来，我也就被发现了。

体育馆正中央的位置，一个身穿套头卫衣的男子，卫衣帽子扣在头上，正大声说着什么。孩子们在惨叫。又是一阵响声，是枪声。也不知他朝着哪里开枪了。

孩子们在哭喊，有的甚至叫起了妈妈。

我的心跳得很厉害，手在发抖。我顺着门缝偷偷往外瞧。

孩子们、山本教练，还有刚央和骏介等人正和卫衣男对峙。对方是个高个子，肩膀挺宽。他那副模样仿佛刚从街上买完东西回家，握在右手的枪显得如此反常，给人感觉太不现实。

"喂！你别做傻事！"我看见山本教练正往前走，一步、两步。他的声音很大，就和刚才骂孩子们时一样。

男子发出了一声含混不清的叫喊。一阵巨响随之传来，就好像是厚重的皮靴狠命地跺在了地板上一样，整个场馆都在为之摇晃。

山本教练蹲了下去。有人尖叫。他被枪击了。我脚底一软，几乎要瘫坐在当场。

我能看见山本教练倒下的模样。我才刚刚见到他，只打过一声招呼，就在几分钟前他还好好地站在那里，如今却被人开枪射中，面对这一切我只是茫然。

"你，你干什么！"

山本教练说话了。他被打中的部位似乎是大腿，虽然那也是件惨事，但得知他并未丧命，我还是松了口气。

卫衣男晃动枪头，让孩子们和骏介等人站到墙边。

"知道了。你冷静点儿，别开枪，这里还有孩子。"刚央的声音在颤抖，但还是高举着双手向对方说道。

男子一把拉过面前的一名小学生，从背后贴了上去，枪口顶在了他的头上。那架势，完全就是一名劫持了人质的凶手。

怎么办？要怎么做才好？凶手并没发现身处器具室的我。

我的头脑里只有话语在空荡地环绕。那并不是在思考，我只不过在问"该怎么办"。

"一步都走不了的步。"我又听见了这句话。

打电话报警。我在口袋里翻找，可随身物品都在练习赛开打时放到场边去了。

他究竟什么目的？

我死死地盯着那男子，他的侧脸进入视野的瞬间，我不禁"啊"了一声。

是那个人——六年前，在公园里被我们制伏的持刀可疑男子。这么多年过去了，他的脸却没有多大变化，仍然和当初一样面无表情。

我能看到匠正对着他说些什么。

他什么时候被释放的？如今与我们的这场"重逢"只是偶然吗？

他之所以出现在这里，正是因为我们来了。

是我，是三津樱，还是匠？不对，从时机上来看，应该是骏介。他碰巧遇着了骏介，又或者他也有着相当的执着，一直在跟踪骏介？

估计是后者。骏介是网络上的名人，可以追踪到他的动向。他可能看到了骏介的SNS，感觉能就此找到我们，所以才来了？

或许他还为之兴奋——六年前抓住自己的那些人，报复他们的机会终于来了。

除了脚在打战，我还感觉到一种冰冷的颤抖直击了我的内心。这个男人之所以出现在这里，是因为他拥有顽固的意志。他还准备了手枪。

那是对我们的复仇。

我必须做些什么。

我又意识到一件重要的事情。眼下还没有被这个男人注意到的人，就只有我一个了。

时间也不多了。

如果他闯进来是为了复仇，那就没有交涉或说服的余地，他一定很快就会朝刚央和骏介开枪。

枪声什么时候响起都不奇怪。

必须做些什么。可是，该怎么做呢？

我的脚无法从地板上移开。

和那时候一样。

六年前在公园，那个人从背包里掏出刀子的时候，我也动不了。我心里想着行动要慎重，但那是借口。我只是害怕。

小学时最后一场比赛，仅剩一分钟持球的时候，我也在想没投中怎么办？失败了怎么办？那些想法使我无法动弹。

不知何时，我已经紧紧地闭上了眼睛。没关系，下次一定行。我感觉到一个人的眼神，他正这样对我说。那是矶宪的眼睛。小学时候比赛的暂定时间里，还有他从床上坐起身的时候，他都在看着我，仿佛在阅读我的内心。

那不是赌博，是挑战。

失败了，是我的责任。

是谁的责任——我明白这并非问题所在。只是在回想起这句话的瞬间，仿佛是抹上了强力胶水般的鞋子忽然就变得轻巧起来。

我走到墙边，手放在了配电盒边。

那种配电盒我第一次见，可能因为是给孩子用的，上面标示得很清楚，还贴了诸如"篮筐升降"之类的标签。

管它是升是降，只要篮筐动了就行。我按下了控制观众席对面、较远处篮筐的按钮。

一阵声响。

篮筐突然动起来，他肯定会下意识地看过去。或许那只是极短暂的瞬间，但却绝对不能放过。

犹豫就意味着完蛋。我心一横，拉开门。

那名持枪男子注视着篮筐发出机械式的声响缓缓上升，背对着我。

"匠！"本以为我会因为恐惧而发不出声音来，没想到声音还挺大。

男子注意到了我，高吼一声转过身来。我看见他打算将枪口转向这边，与此同时，我将手中的篮球抛了过去。

小时候我就善于长传，希望现在也能做得到。球是小学生用的五号球，可能这正好，比正常大小的球还好掌握，我力道十足地扔了出去。

匠一定可以。

我脚下一蹬，朝那人跑了过去。球鞋摩擦地板发出声响，鼓励了我。

我只有向前。

一想到他将直接扣动顶在孩子头上的枪的扳机，我就毛骨悚然，但如果他来这里是为了复仇，那很可能比起孩子来他更想打中我。

他对着我，举起了枪。

枪口瞄准了我。我告诉自己，没那么容易打中。

视野的角落里，我确定匠已接住了传球。当初冷静而准确地传球的匠和眼前的人物重叠了起来。每一次，他都会替我将球传到我希望的位置。

篮球狠狠地砸中那人的右手，那只举枪向我瞄准的右手。

那人发出了轻微的惨叫，同一时刻，枪也脱手了。

枪在地板上滑动。男子慌了，赶忙转身去捡。他扣住的孩子被松开了。刚央立刻跑上去，将其挡在背后。

冲上去抢掉落在地的枪，三津樱要更快一些。我眼前又浮现出当初他反应迅速、纵身一跃去救球时的模样。

那人的表情如破碎般狰狞。撕裂他的不是懊恼，而是痛苦和愤怒。

他尖叫，声音刺耳直冲天际，从屁股口袋里掏出一把铁锤。他伸展着手臂，挥舞起铁锤，朝着扑倒在地争夺手枪的三津樱。

我站到他面前，匠也来到了我身边，我们两个人牵制对方行动。倘若只有我自己一个人或许还会害怕，现在有同伴陪我，和我共同面对，我感觉坚强许多。

"步，对于运球动作大的球员，可以预判他的行动。"匠说道。"盯紧了，"他说，这应该是为了使我冷静，"他不会做假动作的。"

确实，那人正疯狂地挥着锤子，动作幅度很大。我对自己说，不要慌。

当初，小学时代最后一场大赛，剩一分钟，我们没能追上比分输掉了比赛。输球的借口和不甘说了很多，其实悔恨和窝囊的情绪一直都留在了心里。

这一次……

"到这边来。"刚央带着孩子们往体育馆出口方向逃去。好几个孩子都趴在地上迈不开腿，刚央就抓住他们拖着走。

"别耍我！"男子又叫了起来。有水滴朝我飞来，也不知是汗还是口水。

一瞬间，我无法动弹，或许匠也一样。

他忽然掉转方向，朝孩子们冲了过去。

几乎是同时，一个孩子绊倒了。

我不禁"呀"的一声，整个人都紧张起来。

男子朝着倒地的孩子加速奔跑，就像是扑向一个弱小的猎物。可能他觉得事已至此，怎么着也得拿锤子敲一个。

我仿佛听到了终场的哨声。小学的时候，我听过无数次，那是结束的信号。而最初浮现在眼前的，果然还是小学最后那场比赛结束时的景象。

不仅是那时候，不仅是篮球。在那之后，我也有过"尽力了"但"没能获胜"的经历。悔恨——这个词，我已不记得自己说过多少遍。

这一次我不想输，不可以输，必须制止他。

就在那时,身旁有个人影一跃而出。

人影在奔跑,没有声音,好似一阵疾风。

向篮筐奔跑的骏介,正等待我给他传球。"直接拿下吧。"我朝着他的方向说,仿佛已将球传了过去。

我看见骏介飞快地扑向了男子脚下。

手持铁锤的男子翻倒在地。

前辈,救护车马上就来,再坚持下。

刚央对正拿手捂着出血的大腿的山本教练说,小学生们就围在四周。

面对突发的恐怖事件,孩子们的第一反应当然是陷入恐慌,他们坐立不安,只想家长和警察快些来。但渐渐地他们也开始恢复了冷静。

原因之一,应该是匠看过山本教练的大腿后说:"虽然在出血,但问题不大。"这个医学专业的学生有多强的诊断能力还不清楚,可他平静的话语或许还是有着相当的说服力。

还有就是三津樱的一番话也稍稍缓和了众人的紧张:"教练,集中精神比赛就感觉不到疼了,您别怕疼呀。"

有人笑了,孩子们围在忍受疼痛的教练身边,七嘴八舌地开起了玩笑。

危险的气息从凶手身上消失了,这应该也是原因之一。

我们拿器具室里的跳绳把他手脚绑了一圈又一圈,他此刻正横躺在地上,连姿势都换不了。而且,他已没有了刚才突袭时的那种压迫感,还开始呜咽起来。那应该不是出自悲伤。他的抽泣仿佛是从身体的最深处溢了上来,其中还掺杂了哀怨、失望,以及痛苦。

本以为可怕的男子,此时正抽泣着落下泪水。

虽有些令人不安,但很显然,他已经没有气力去挣脱手脚的束缚,再次发动袭击。

我们累极了,靠着体育馆的墙边坐下,就像以前比赛结束后那样。

"对不住了,把你给捆成那样。"三津樱开口,对着我们面前那名男子,"要不那么做,也怪可怕的。"

"痛了你就说,我给你松一松。"我说。

"不行,松了多危险。"刚央指出。

"话说回来,你为什么要干这种事?"过了一会儿,骏介叹息道。

"是因为六年前的仇,所以盯上了我们?"问话的是匠。

男子没有回答,只是不住地哭。

简直是反咬一口。我正要说,又觉得现在还搞不清楚他的心理状况,这或许反而会刺激到他,于是又将话咽了回去。

"你是怎么弄到手枪的?"我听着骏介的问题,想起了矶宪曾说过的一番话。

他做出持枪袭击孩子这种恐怖事情，可实际负伤的只有大腿被击中的山本教练一人。这虽也很严重，但说到底，因为这个罪行，想凭借魔法或刑罚去除掉凶手还是绝无可能。他是再犯，判刑也会相应重一些，可这也不是什么皆大欢喜的结局。他得到手枪的途径也会左右最终判刑的轻重，但无论如何，看起来他重新回归社会也并不需要太长时间。

"我们也不是就想找你麻烦。说到底，不能干的事情，那就是不能干。"

可能骏介也想起了矶宪讲过的那些话。他的话听起来深思熟虑过，似乎是以罪犯还有回归社会之时为前提，避免使用排斥和定罪之类的话语。

男子双眼圆睁，也不知是不是在生气。

他在气什么？

是气我们站着说话不腰疼，还是气自己行凶失败？还是，有别的什么原因？

"你是不是觉得，反正自己的人生已经没指望了，就想找几个垫背的一起完蛋？"刚央道。

"嘁，那还用问？"

"匠，你口气干吗那么冷漠？"我害怕惹得男子动怒，有些急了。

"我说，"骏介转头看着旁边的男子，"根本没有什么是没指望的。"

孩子们安静了下来，体育馆里突然鸦雀无声。

"以前，我们的老师就说过。他也是篮球教练，是学校的老师。"

"矶宪？"三津樱问。

"是啊。就在最后那场比赛，还剩一分钟的时候。"

我想起矶宪对我们说，他反复观看了那场比赛。

"他说：'你们知道在篮球的世界里，最后一分钟叫作什么吗？'"

哦。我的心头一紧，或许因为突然翻涌而出的孤独。一方面我感到怀念，同时也明白那时候再也回不去了。

那个时候，我们正打算回到球场追平落后的三分，坚信将取得比赛胜利，我们转身问道："叫什么？"

永远，永远啊。

矶宪的脸当时肯定是因为不好意思而扭曲了。

"永远。"匠开口道，我也回答了，三津樱和刚央的声音也重叠在了一起。

骏介笑了，似乎因为所有人都记得此事而感到惊讶。

"对，是永远。篮球的最后一分钟是永远，所以我们今后的人生，包括你的，也绰绰有余，是永远。"

"这说得也太牵强了，完全没有道理。"匠嘴上虽这样说，表情却明明在笑。

被绑住的男子满脸怒气，可对于骏介的话似乎也并没有抵触的意思。他的鼻孔发出粗重的喘息声。

然后，骏介说："我打算加入职业篮球队。"

众人在瞬间沉默,不知该说什么好。话题改变得太过突然。如果这是玩笑,那根本不好笑,可作为话题,完全不像是现在该说的。

"啊?"

"什么?"

"B级联赛。二队。"

"真的?"刚央高声道。

"已经来找我谈过了。不过也有人说这是要拿我当吉祥物揽客呢。"

找人气视频博主加入,既有话题性,或许还能吸引更多球迷。有球队做出这种考虑完全不奇怪。而且,骏介本身就有不少支持者。

"现在是聊这些的时候?"匠的语气带着无奈。

骏介却说得更欢了:"成为职业选手,只有一直走这条路的精英才可以,我也担心过,毕竟我都这个岁数了。我呀,就是歪门邪道。高中就退出篮球队,现在又从一个视频博主转型打职业。"

"真是歪得不能再歪了。"刚央苦笑。

"不过,那也是因为骏介打球不是那种循规蹈矩的打法啊。"这是我的真心话,并不是为了鼓励他。

"这条不循规蹈矩的路究竟能走到什么时候,这我倒是希望你试试。"三津樱的语气也显得轻松。

我忽然觉得体育馆变旧了,我们又回到了小学的时候。我们骑自行车来上学，大家一起训练。自己的将来，以后要做什么工作，这些从来没考虑过，我们只是拍球，练习投篮，因为发生在校园里的每一件事情时喜时忧。

不知不觉，时间怎么就过去那么久了呢。

"哎，什么时候我打职业了，要来看啊。"

骏介的邀请，似乎并不是对我们，而是对着那被绑住的男子。

就在这时，我们终于听见了警车的警笛。孩子们发出欢呼，可能他们终于相信自己得救了。还有人对山本教练喊："教练，救护车来啦，再坚持一会儿，不要哭哦。"

被绑的男子什么也没有说。他瞪着骏介，但心里作何感想就不得而知了。

"下次我们还去看望矶宪吧。"

"匠居然说出这种话，罕见呀。"我回应道。当然我也觉得肯定要再去矶宪家。

"已经过去六年啦，他比预料中顽强多了。"匠略带玩笑似的说道。

"他才是打算活到永远吧。"刚央笑了。

骏介"嘿"了一声站了起来，伸手拍了拍屁股。"刚才那个——"他开口道。

"什么？"

"最后，我拿脚绊人了，应该算违体犯规吧。"

说什么废话，我从鼻子里发出了嗤笑。

眼前男子的脸上满是泪水，泪水的颜色又深又暗，仿佛只有被丢弃在深海里的人才能流得出来。或许他做这些事情，也不是因为真的想吧。

或许他并不情愿，但就是迷路了，苦闷和不安导致他想要从中挣脱逃离。

"不好意思，我违体了。"骏介对男子道。

哦，对了。

如果被吹违体犯规，对方不但获得罚篮，还会拿到之后的发球权。

这个，我并不想告诉那男子。

他不是华盛顿

无声合唱团

他不是华盛顿

我正在教室里收拾东西打算回家,跟我隔了几个座位的伦彦走过来道:"谦介,一起走吧。"他家住在隔壁街道,从幼儿园时起我俩就常在一起玩儿。不过上三年级后,伦彦因为棒球忙了起来,一起玩的机会也少了。"今天没有训练,可以不用赶着走。"他开心地告诉我。

出了教室,中山老师正从走廊的墙上拆下一张硕大的板报纸。

"老师,那不是'教授'的板报吗?为什么要拆掉?"伦彦立刻反应过来,指着问道。

"哟。"老师闻声转过身来。去年我们的班主任是个脾气不大好的快退休的老教师,相比之下,中山老师年轻得多,好像一个年龄差距大一些的哥哥,更容易亲近。

"那东西要怎么处理?"我指着中山老师开始卷起来的板报纸,"那是'教授'办的那一期吧?"

他名叫"京树",给人感觉特别博学而且成熟,所以我们称呼他时,脑子里总想到"教授[*]"两个字。

"其实呀,我都挨骂啦。"老师拉下了脸,"按照学校规定,学生是不能去游艺城的,是不是?有家长就指出,明明有规定,还要登关于游艺城的板报,这算怎么回事?嗐,人家说得也没错……"

"教授"的课外研究课题,是关于娃娃机的攻略。听说暑假里他很闲,就去商场里的游乐区,研究起了抓娃娃。他在"研究方法"那一项里写的第一句话是"因为我家经济上不富裕",所以看起来好像是一篇总结自己日常生活的作文。总之,他的方法就是自己不花钱,专门观察别人怎么玩。他整理了抓娃娃失败的人有哪些类型,还有抓得好的人的诀窍,都总结了出来。另外,店员见他总在店里晃悠,觉得可疑就去问他,结果听他回答说是"暑假的课外研究课题",就觉得挺有意思,还请他帮忙摆娃娃,告诉他一些小窍门,这也给他提供了相关情报。

他并没有参考网上的视频,而是靠自己的努力写出了攻略,这很感人。出了板报、贴走廊上时,我身为同班同学,都感觉很自豪。

所以被撤掉也很受打击。

"可是,'教授'他妈妈就在那个商场里工作,他每天去,也不算什么坏事吧?"我主张道。实际上,这件事研究报告里

---

[*] "京树"和"教授"的日语发音相同。

也提到了,说是他每天去,是为了等妈妈下班一起回家。

"话是没错。可学校就是这么规定的,就算我们想睁一只眼闭一只眼,也没那么简单。万一其他孩子看了之后觉得'我也可以去',那也不好办。"

"唉——"我们发出了抗议的声音。我真想说,管那么多干吗?

中山老师都一副无奈的模样,看来事情确实不是那么简单。

"今天他还要跟他妈妈一起来学校呢,就为了这事。"

"真的?还因为这种事情叫家长?"伦彦很夸张地表示震惊,"如果他没做作业那就算了,作业完成得这么好,居然还要挨骂?"

"老师,这个研究,不是很有意思吗?"我问道。中山老师忽然笑了,点点头道:"当然了。这个超级有意思。能做出这种调查很了不起,画儿也画得好。是最棒的。"

我稍微放心了些。

"哦,对了,讲义要替我转交。"中山老师想起了什么,说道,"别忘了。"

"当然啦。不就是去趟靖的家嘛。"我好像还真忘记了。

"老师,靖他为什么请假?"伦彦问。

"肚子痛。"老师简短地回答。

我"哦"了一声,伦彦则在一旁看看我,又问:"是真的吗?"

他什么意思?我又盯着他看。

"嘻，我的意思是，装病的时候不是都经常说肚子痛嘛。"

"请你对全国所有真正肚子痛很难受的人道歉。"我说道。

"是我太绝对了，对不起。"伦彦低头道歉，中山老师笑了。

走到教学楼门口，我才想起来忘记叮嘱老师"别骂'教授'"。

"对了。靖的爸爸很年轻的。"放学路上伦彦说。

"哦？是吗？"我有些意外。靖不是从幼儿园时起就没了爸爸吗？靖很久以前说过"我家里没有爸爸。离婚了"。我记得，就因为这话我才知道了"离婚"是什么意思。

"大概两年前吧，靖的妈妈又结婚了。"

哦？我其实并没有很关注，回应也就心不在焉了。两年前，可能因为那时候我跟靖不在一个班上，所以没听到消息。

"家里来个新爸爸，也不知道是种什么感觉？"

"那个爸爸很年轻，估计感觉跟兄弟差不多吧？靖是独生子，可能觉得有了个哥哥？"

靖的家是一栋独门独户的房子，大门边上有通话器。是那种老式的，没有摄像头。

最后一次上这里玩儿是什么时候来着？我盯着门牌，在记忆里搜索。

我想起来了，是靖买了最新款游戏机的时候。那时候班上除了他谁都没有，大家都挤到他家里来了。就连平时跟靖关系不怎么样的家伙都来了，愣是不管靖才是游戏机的主人，跟他抢手柄，大叫大闹地强行玩游戏。大家也确实太不注意了，看靖那模样，也的确有些为难，想阻止却欲言又止，连我都觉得怪过意不去的。可能从那次过后，我就再没去过靖家里了。

按下门铃，能听到家里响铃的动静。不一会儿，传来一个男性的声音："谁呀？"

伦彦告诉对方说带课堂讲义来了。

"哦，来了来了。"对方回答。

我们互相看了一眼。这是他爸爸？工作日的下午爸爸在家，这让我们意外。

不一会儿，玄关的门开了，一个头发染成浅棕色的年轻男子走了出来。他穿着拖鞋，脚底下一阵噼里啪啦地走上前来，说："不好意思让你们跑一趟。谢谢。哎，你们叫什么？"

我们报上姓名，他点头道："哦哦，好的。"

我从书包里掏出讲义递过去："给，这个。"

靖的爸爸接过讲义瞟了一眼，然后就叠起来塞进了口袋。那一刻我有些不放心，他会好好看吗？会转交给靖吗？

"靖的肚子怎么样了？"我也没别的意思，就是想确认一下。

"正躺着呢。已经好很多了，我看下周就可以去学校了吧。"靖的爸爸将视线从我们身上移开了。那模样不禁让我琢磨，眼神游离说的是不是就他这样？

"那就多谢啦——"他说完正准备回家，我又喊了一声："对了——"

"怎么了？"他转过头，表情似乎僵硬了，我有点儿害怕了。

"我，能不能见靖一面？"说完我又有些害羞，感觉自己是个想再见心上人一面的公主。

"这……有点儿……家里现在很乱，不好意思呀。"靖的爸爸说完一个转身，仿佛要将我们的视线斩断，然后就回屋去了。

❋

周围忽然安静了下来，这才让我意识到刚才很吵。妈妈在隔壁的日式房间打扫卫生，刚把吸尘器关上。

妈妈整理着吸尘器的管子，来到我所在的饭厅，挺直腰板，微微低头行礼道："虽然非常简单，不过这次我就打扫到这里了。"

她总这样，那些话感觉也不像是对我说的。她做的那些打扫，看着也没复杂到哪儿去，也不知道她这个当妈的总那样说是为了什么，说了心里会舒服点儿？

之后她又忙活起别的来，在洗衣机和二楼阳台之间来来回回。

不一会儿，她在我对面的椅子上坐下，我正坐那儿玩平板电脑。

"唉——"她开口说，"我在家里这样忙得团团转，谦介却一直坐这里玩游戏。这世上哪儿还有什么公平可言？我可终于能坐下了。我这一坐对人类来说只是简单的一坐，对我来说……"

我妈的特征就是嘴碎得让人心烦，可能是受她影响，我和我姐从小说话就老气横秋，还因此遭人调侃，不招人喜欢。

"就没什么办法了？"我姐一只手拿筷子夹着桌上的生姜汁烤肉，另一只手拿起电视遥控器按了一阵，然后又去电视机旁摸索了一阵，最后发现还是无法打开电视，回到桌边，"根本打不开呀。今天有个节目我特想看。"

"确实也太旧了。要不下次跟你爸说，让他给换新的。"妈妈说。

爸爸去年因为工作调动一个人去了大阪，家里买一些必需品其实也不跟他说，看来妈妈觉得电视这事还是有必要商量一下。

"爸爸买这些家用电器的时候，总是查来查去的，还要把各自的优点、缺点都列出来，他不烦吗？"

"他就是喜欢查。"妈妈的语气里，似乎同时包含了褒奖和责备的语气。

"哦，不过现在看不了电视正好，你们爸爸发邮件来了，让你们看这个。"妈妈说着，把平板电脑放到了桌上。桌上有一个支架，有时候我们全家人也拿它一起看视频。

"我爸也真是闲得慌。"姐姐很无奈。

碰着自己喜欢的东西，或者感觉有意思的东西，我爸就想要拿来跟家人分享。什么著名影片啦，网上找来的好玩儿的视频啦，各种各样。如果见我和姐姐反应不错他就发自内心地高兴，如果我们和他意见不同，他就显得很落寞。

"是个现在正火的视频，好像是从国外什么纪实节目里录下来的吧。"妈妈好像也还没看。

就算是再有意思的视频，受父亲指使被强迫观赏，可能心里也没那么舒服。所以姐姐表现得不耐烦，不过我却有些期待。爸爸找来的视频里，还是有意思的居多。

画面里出现了一个体形庞大、圆脸的女性，看上去，她像是正在经历一次歌唱评审。评委们一开始都用不大期待的神情打量那个女性，可她刚一开口，评委们就被她那优美而有力的声音所征服，惊得连嘴都合不拢。

我感觉以前在电视上好像也看过类似的事情，受到鄙视的人扭转评价的那一瞬间，实在是让人感觉既痛快又舒适。

视频结束时妈妈满意地点头道："这样的视频就是好看。"

"确实。"我也点头。一个被别人认为反正做不成什么大事的人，最终却来了个大反转，妈妈喜欢这样的故事。

"可是，"姐姐一边拌着纳豆一边说，"说白了还不就是唱歌好听？"

妈妈皱眉道："什么就是？就是什么？人家唱得多好呀，不感动吗？"

"那种东西，漫画里、电视剧里多的是呀。什么到最后才发现，主角其实体育很棒，或者爹妈是明星，要么就是很会弹乐器，反正就是有个什么特长，然后来个反转。那些条件，普通人基本上都没有。"

"好像也有道理。"我也点头。

"大部分人都是普通人，归根结底还是没办法反转的。"

我好像看见了身在大阪的爸爸脸上落寞的神情。

"嗯嗯，也有点儿道理。"妈妈也表示认同。

"是不是？所以还是想想办法吧。"

"想什么？"

"就算没有多特别，也能获得大家认可的办法呀。"姐姐把纳豆倒在了白米饭上。

"那种办法是有的呀。"妈妈立刻说道，"让大家刮目相看的办法。"

"什么办法？"

"打个比方，比如'那个人是个遵守约定的人'之类的。"

"这算哪门子办法？"我反问道。妈妈什么意思？

"遵守约定啦，值得信赖啦，或者，是个诚实的男人啦，这些东西都不是什么特殊的能力。"

一个遵守约定的男人——我自己在心里仿佛念旁白一样地重复了一遍，仍然感觉完全无法理解："很普通啊。"

"普通不好吗？说来说去，最后获胜的，还是那些诚实而遵守约定的人。"

怎么还谈到胜败上了？"是吗？"我歪起头，"听上去很弱啊。"

"那可不一定……"妈妈话说一半又改口道，"唉，不过损失也是不少的。"这话说的，好像她自己就因为诚实而吃过亏似的。

"你看吧。"姐姐显得很得意。

"不过,还是能够幸福的。"妈妈没有放弃,继续道。

"什么意思呀?"

"即便不特别,也仍然可以幸福地生活。其实反而是不特别才会幸福,不是吗?"

这种毫无根据、含混不清的主张,实在没什么好回应的。说极端点儿,"无才才是福"这种话也有人说过,可谁接受?她那话给人一种死不认输的印象。

"毫无说服力。"

"另外,好好道歉,这也很重要。做错了就道歉,其实很多人都做不到这一点。你看那个华盛顿总统,人家砍了樱桃树老实认错,最后还被表扬了呢。"

"妈,你可真喜欢这个故事。"

"诚实的人得到表扬,这多好呀。我小时候就想成为华盛顿,就差一把斧子了。"她这话说的,好像斧子跟变身腰带一个效果似的。

她是当真吗?我已经没了兴趣,点着平板电脑,开始找其他有意思的视频了。

妈妈开始收拾碗筷。

"咱妈真的是,常常说些没头没脑的话,说得还挺来劲儿。"妈妈进浴室后,姐姐感慨道。

我也有同样的感觉，于是点头说："是呀。"

"一聊到霸凌她还特较真。"

"就是。"

"咱妈以前是不是在学校让人欺负过呀？"

姐姐这番话或许并无深意，可却是我从来没想过的，不禁大声地"哎"了一声。我无法想象妈妈小时候，比如小学或者初中的时候被霸凌的情形，但可能性也不是完全没有。

"看到跟自己毫无关系的新闻她也生气。对了，我有没有对你说过？我上小学的时候，妈突然在我学校里就开始演讲起来了。"姐姐拿筷子一粒一粒地夹着纳豆。这个吃法可真恐怖，全吃完那得花多长时间？

"突然在学校里演讲？怎么一回事？"

"那好像是我五年级的时候吧。碰巧有一天公司休息，妈妈就在书法课的时候来帮忙。"

姐姐说，就在所有人都在研墨，在纸上写字的时候，站在教室后面的妈妈突然来了一句"老师，请给我一点儿时间"，然后就往教室前面走。

老师当然吓一跳，好像也没有明确许可说"好的"，可妈妈就站到讲台上开始了。"同学们，请听我说。"

大家不明白出了什么事，都往我这边看，问我你妈这是怎么了。你说这是不是丢人丢到家了？

话是这样说，可能也因为时间过去太久，姐姐并没有她言语中那样愤怒。

然后妈妈就开始说起来了。

"同学们，笔放下，先听我说。这个班上，有没有哪位同学正被其他同学欺负？"

"这话怎么说？"我看向姐姐。

"我是没注意到，好像那时候，班上有人遭到了霸凌。是我们班的一个女孩子。"

"姐，你都没注意到，为什么妈会注意到？"

"后来我听说的。是妈妈在书法课上看到了，她看到班上有个女生在纸上写别人的坏话，还拿给其他同学看。"

"用毛笔写别人坏话？"

"嗯，写一些中伤别人的话，然后拿给那个人看，看完再拿笔涂掉就什么也不剩了呗。"

"真阴险。"

"所以妈妈才生气了嘛。她最讨厌那种了。"

姐姐的话不知为何有种活灵活现的感觉，就好像发生在我眼前。当时的情景栩栩如生地重现在我脑海里。

有没有人被别人欺负了？妈妈这样问，当然谁也不会举手。

反倒是有个女生——可能那个人就是实施霸凌的一方——反而嘲讽似的问妈妈："为什么突然说这种奇怪的话？"

妈妈没有理会，继续道："那么，有没有人拿别人当傻瓜，或者故意找别人麻烦？"当然，面对这个问题也没有人举手。"大家没听过华盛顿的故事吗？美国第一任总统乔治·华盛顿。

他小的时候，拿斧头砍掉了他爸爸最宝贝的樱桃树，然后他老老实实地坦白说'是我干的'，他的诚实受到了褒奖。是不是有这么个故事？所以说，'诚实'是很有用的。"

当然了，哪怕她这样说，也不会有人举手表示"明白了"。妈妈对此似乎也并不在意，继续道："瞧不起别人，欺负别人，这种事情还是别干的好。"

班上很安静，只听得见妈妈那仿佛跟好友谈心般的说话。

"哦，我这并不是在说那孩子可怜，或者友爱相处是美德，不是那个意思。这人哪，其实，有时候见到别人难受，反而会觉得有意思。比如说，在一个跟自己不相干的地方发生了交通堵塞，虽然你嘴上说'真惨'，可心里或许却有着某种优越感，是不是？你们不开车，可能不大理解吧。反正，有人喜欢给别人找麻烦或者让别人难受，这并不稀奇。自己不舒服，也会想拉着别人一起，看到别人难受，也会很开心。只不过，反过来想想，如果仅仅因为这些就去欺负别人，毁掉自己的人生，那是不是太蠢了？"

这都在说些什么？——当时如果有人这样发言根本不奇怪。

"如果我被别人欺负了，我绝对不会忘记那个欺负我的人。然后，我会等那个人长大了，事业有成了，一股脑儿地全给告发出去。我要告诉别人，就是那家伙，小学的时候，对我实施了霸凌。为了这么干，我要把我的所有遭遇都记得清清楚楚，以后好说得明白。那个人越是成功，到时候打击就越大。或者就算不这么干，等那个人谈恋爱了，我就把这些告诉那个恋爱对象。

我就说：'那家伙呀，可有想法了，小学的时候对我做的事情可坏了。很了不起是不是？'"

这是她在家里常常对我们说的话。她说，如果有人霸凌你们，至少要做到一件事，就是阻止那家伙变得幸福。

"人生是很辛苦的，连大人也不知道正确答案，平平凡凡地生活，就已经很困难了。这可不存在游戏里那种简单模式。可你还要去鄙视别人，欺负别人，这就是难上加难了。因为你也不知道，将来这些事情什么时候会被抖出来，是不是？为什么还要专门给自己选个困难模式呢？除非你自信能成为大人物，否则，谁也不知道将来会在什么地方见到什么人，各自的立场又是什么。自己曾经瞧不起的人，或许会成为工作上的客户，也可能跟将来自己的另一半是好朋友。弄不好，你长大之后受了重伤，被搬到急救医院，负责救治的医生就是你以前霸凌过的对象，那可怎么办？多可怕？"

受伤的人在见到身着白大褂的医生的瞬间就会意识到，是他。另一方面，医生也明白，是他。医生露出难以抑制的笑容，说："你可以放心。不管对方是什么人，救死扶伤都是医生的使命。"可这话越听心里就越是发毛。到那个时候，他才终于肯道歉说："当初我欺负你，是我不好。"医生则意味深长地点点头，笑着说："我干医生就是为了这个。"——据说，妈妈当时举了这么个例子。

"以为霸凌的一方和被霸凌的一方将来没什么机会碰面，那是大错特错。现在这个年代，真想找到一个人，总会有办法找到，通过网络传播消息也是随心所欲。现在拿别人当傻子，等到将来自己获得成功的那一天，全都会被抖搂出来。"

妈妈的话说得很糙，也没让人觉得在理。不过，我想，通过那样讲话，她已经成功唤起了班上孩子们的注意——如果有人做出霸凌的行为，要记住那个人，哪怕现在痛苦，也一定有可以反击的一天。并且，如果自己正在对别人进行霸凌，身边的人也会记得。将来自己成功的时候，或者获得幸福的时候，过去的行为或许会招致报应。不，应该是一定会——妈妈或许是想将这些植入他们的思想。其实，将来的事情无法得知。或许会这样，或许不会。

"后来怎么样了？"我问姐姐，那个仍在拿筷子一圈圈绕着纳豆丝的姐姐。

"班上气氛挺尴尬的，老师也犯愁，大家就又开始写起了毛笔字。"

"不是说那个，我说霸凌事件。"

"哦。谁知道呢。我不觉得妈妈讲的话有效果，只不过，后来也没发生什么特别过分的事情。话说回来，当时如果有人开始欺负我，我一点儿都不觉得奇怪。谁让我妈那么自以为是呢？"

我想到的，是爸爸以前说过的话。"爸爸妈妈也是在错误中成长。"他说，"养育孩子是头一回，也不知道怎样才是正确解答，真难呀。不过，爸爸觉得，至少以前我的父母对自己说过的话、做过的事，让我觉得不喜欢的，那就不要做。所以呢，等谦介以后也当爸爸了，就要学父母好的地方，不好的地方就不要了。这样一来，嘿，应该就会越来越接近完美了吧？"

我心想哪儿有那么简单，但嘴上还是回答"知道了"，印象里是这样。其实我只明白一件事，就是完美很遥远。

"我想起来了。"在路口停下自行车等红灯时，伦彦说。

周六上午，伦彦忽然说想去图书馆，约我一起，我就跟他一起去了，当时正在回家路上。

伦彦虽是个棒球少年，却也很喜欢读书，不光儿童图书，面向成人的书也借了好几本。我借的都是《全世界危险事件》啦、《黑魔法大全》啦，《诅咒你的十种方法》之类标题诡异的书，见我背上塞满那些书的书包，伦彦笑着说："感觉你后背就要让人下咒了。"

"你想起什么了？"

"靖家那个爸爸，是后来才有的爸爸是吧？"

"后来才有的"这个诠释有点怪怪的，不过，"没有血缘关系"这种表现又太粗暴了，伦彦或许也是以他自己的方式思考过措辞。

"是呀。"

"前些日子，电视上播过关于虐待儿童的新闻。爸爸对孩子拳打脚踢，嘴上说是教育，做的事情很过分。"

"好像是有这种事情。"

"当时，在电视上解说的人，那叫什么来着，嘉宾？就说了，继父虐待孩子的案例非常多。"

他说的那些我没听说过，当时就回答说："嗯，不过像那样想得太绝对也挺可怕。"或许是因为我妈就常说"把事情想得太绝对是很可怕的"。

不过，可能因为伦彦表现得太担忧吧，我感觉心里七上八下，也开始担心起来。前些日子跟靖的爸爸见面过后，那种怪怪的感觉还留在我心里。

"其实——"下一个路口还是碰上了红灯，我们停了下来，伦彦这样说道，"不久前在学校，靖的体操服刚好翻了上去……"

"怎么了？"

"他身上有瘀青。乌黑的，挺大块。"

"怎么会？"

"我也不知道，"他说，然后又叹息，"靖不会有事吧？"

信号灯变成了绿色，我们又蹬了起来。

然后，我们在一个小小的十字路口前停了下来，开始聊起"该怎么办""怎么办才好"之类的话。

"有没有被虐待，那只能去问靖了。我们现在就去找他。"

"啊？"我有些犯难，"现在去？可如果靖的爸爸在家，他或许会害怕不敢说实话吧？"

"那倒是有可能。"

关于"虐待"究竟是怎么一回事,我和伦彦都没有具体的想法。我甚至想象出他被链子锁在房间里的模样。"我们去偷偷看下靖的房间吧。"我不禁说道,"或许能找着什么证据。"

"他的房间可是在二楼。"

"爬院墙,或者爬附近的电线杆,怎么样?"

"人家会报警的。"

嗯——我绞尽脑汁地想着。很快就有了点子。"对了!"我真佩服我自己。

教授直起身子,脸转了过来。我一直弓着的身体也一下子松弛了下去。

"怎么了?"站在一旁的伦彦有些担忧地问道。

"被人那样看着,我紧张。"

教授的脸还是跟平常一样没有表情,我真想问他到底哪里紧张。

"但是,这可是最后一次机会呀。"店内的音乐声很吵,伦彦的声音比平时要大。

"你们为什么不多带点儿钱来?"教授说话的声音没有起伏,听上去就像是在责怪我们。

"教授,你自己明明一分钱都没出。"

"我的钱全都在银行里,我家人替我存了。手上有的,就这些了。"

我和伦彦把上月剩下的零花钱全凑在一起,一共一千日元。

"谦介,是你们来求我的,我可没有拿钱的义务。"

"我知道。但是教授,你就不替靖担心?"

"还不至于担心。"

"别那么说嘛……"

我们需要你帮忙——大概三十分钟前,伦彦去教授家找到他说。

"帮忙?我?什么忙呀?"教授不耐烦地问道。

抓娃娃一次一百块。机器设定是投五百块进去多送一回,所以我们就毫不犹豫地投了五百块进去。

教授仔细观察了目标奖品的位置,还从机器四周仔细确认,最后说一声"好了"才操作起把手。第一次,他说是为了测试机器的设定情况,直接就去抓。当然没能抓上来。"我知道了。"教授说着,又挑战了第二次、第三次。他也算有本事了,盒子移动到了一个很可惜的位置,就差一步。转眼间,六次机会就都用完了。

看我们都捏了把汗,教授说"还有六次机会,一定抓出来",那时候的他是那么值得信赖。

检验一下暑假课外研究的成果,这个想法在教授心里一定也很强烈。

他是研究者,我们是提供资金的,叫什么来着,赞助方?我觉得,我们之间的关系就是这样。

剩下的六次里,用教授的话说,头三次的移动轨迹"完全跟想象中一样"。爪子一点点地蹭着大盒子的一角,让它在慢慢倾斜的同时移动。

"要压在这个角上,让它掉下来。"

教授边解释边进行了第四次操作,这一次落空了,接下来第五次也不行,爪子接触盒子的位置也不差,但就是压不下去。

就这样,机会还剩最后一次,教授对我们说:"被人那样看着,我紧张。"

只能相信教授。我跟伦彦退到了后面,但还是双手合十做了祈祷。拜托了教授,拜托了,课外研究。

我看见教授的手在移动操作杆,爪子伴随着音乐动了起来,音乐很轻快,仿佛在嘲笑我们的紧张。

位置确定了,然后爪子降了下来,我们只能眼睁睁地看着它压到礼品盒上。

提心吊胆,这个词就是形容现在这样的情况。我的心跳加快,竟然跟这游艺城里的音乐合上了拍子。

爪子的头部压住了盒子的一角。

一定都在教授的掌握中。盒子歪了,在我眼里,接下来它只有服从重力掉落了。

所以,我们想要的盒子因为碰到旁边的东西而稍稍改变了角度,这只能说是运气太差。

就差一点点了，盒子悬在杆子上，就好像侦探电影里主角悬在悬崖边千钧一发，最终还是挺住了没有掉下去。

"咦？"教授瞪圆了眼睛。

"唉！"我和伦彦嘴巴张得老大。

"怎么会？"伦彦一点点地接近机器，从外侧狠狠砸了一拳。确实，盒子斜斜地悬在一个很可惜的位置，仿佛从外面猛力晃一下就能掉下来。

教授茫然地站了一会儿，然后也凑近了机器，隔着玻璃紧盯着那个礼品盒子。"唉，如果再有一百块，就能拿下来了。"

我的手立刻伸进兜里。我在心里期待，或许哪个角落里还有一百块硬币。伦彦也是同样的动作。

就连刚才说自己家没有闲钱的教授都在裤兜里拼命翻找，然后又走到兑币机边蹲了下去。他在找有没有掉在地上的硬币。

我们在兑币机旁边晃悠，手指塞进找零的地方抠，看有没有硬币没被拿走。

再次回到刚才的机器边，我们三个人都无话可说，只是左右地看。都已经那么接近了，现在却一点儿办法都没有。伦彦望着抓娃娃的机器，看上去很惋惜，又像是带着恨意。我的眼神里应该也有着近似的灼热。

就是在那个时候，发现了地上的硬币。我不经意地低头，发现就在僵尸射击游戏的旁边，有一枚银色的一百块硬币。我下意识地将它捡了起来。

伦彦两眼发光地注视着我捡起那枚百元硬币。

这是神的恩惠！我们兴奋了。这样就能再来一次了，可刚一转身，我们就发现有店员正盯着我们看。

店员的身体很宽，好像一个大皮球，就在离我们几米远的位置，手上抱着要补充进机器里的礼品。

或许我捡硬币的时候也被看见了。怎么办？伦彦似乎也注意到了店员，正拿眼神问我。

没办法。我也没太纠结，就朝店员走去。"不好意思，这个是掉在那边的。"

妈妈经常说华盛顿总统砍樱桃树的故事，可能因为我还记着它。也可能是我想起了昨天最后那句"最终获胜的，还是诚实而遵守约定的人"。总之我做出了判断，眼下还是老实些比较好。

"啊？什么呀？"店员扭过头，显得不耐烦，胸前的名牌上写着"太田"两个字。

"这个一百块，掉在地上了。"

"哦，是吗？"店员接了过去。看来他好像并没有注意到我们，老实交代是一次失败，我心里开始后悔了。"你们刚才抓得那么认真，不打算再挑战了？"

"嗯，已经没钱了。"

店员笑了。那个模样很像是嘲讽——到底还是孩子，没多少钱！我们心里也很不开心。我正打算丢下一句"干你什么事"然后走开。

"那，这个就给你们吧。最后再去挑战一次试试。"他又递上了刚才我给他的那枚百元硬币。

嗯？我抬起头看着店员，然后又看看伦彦和教授。他们的视线也投向了我这边。他这是在说什么呢？

"这个，可是别人掉在地上的钱。"

"你们不是没有选择不吱声自己留着，而是交给了我嘛。诚实是好事，有人这样教过我，说要多帮帮年轻人。"店员笑了，肚子都跟着发颤。他继续说着那些话是谁谁告诉他的，似乎很怀念，但他说的那个人我们也不认识。

"砍掉樱桃树的华盛顿！"我不禁脱口而出。

店员的脸色忽然开朗起来："哦？你知道那个华盛顿的故事？我还是最近才听说的呢，就是它就是它。华盛顿拿斧头砍掉了樱桃树……"

"他老实地承认了，说就是自己干的。"我接话道。

"对对，自编自演。"

"跟自编自演好像不是一回事吧？"我忍不住反驳。

"总之呀，意思就是说，诚实比樱桃树更有价值。"

"可那个，并不是真实发生过的呀。"教授若无其事地插了一嘴，"我听说，那是编出来的故事，加在了传记里。"

是吗？我惊讶了，店员也很受打击。

"编的？怎么可能呢？"

"就是的呀。据说美国当时还没有樱桃树呢。"

"怎么能这样呢？好吧，那你们知道吗——"店员不高兴了，好像一个不愿认输的孩子。"华盛顿小时候，拿斧头砍掉了樱桃树，但是却没有受到父亲的责备。"他的语气忽然变得像是在出谜语，"为什么，他没有挨骂呢？"

"因为他主动认错了。就在我说出这个答案前，教授就开口道："因为他手上还拿着斧头呢。这个黑色幽默可出名了。"

"什么意思？"

"因为他爸如果骂他，说不定会挨斧头呀。所以他爸也害怕，只能选择原谅他。这是个笑话，经常有人说起。"

教授说得扬扬得意，这更让店员悔恨，我感觉他都开始咬牙切齿了。他似乎还想给自己找回哪怕一点点面子，就说："嘻，算了。总之你们拿这一百块去再试一次好了。"

"可是，那可是掉在地上的钱。"

"明白了。那这个我就收下了。我自己再掏一百给你们。"说着他又拿出另一枚硬币。

再这样拉拉扯扯也怪烦的，而且再不收下店员好像就要抓狂了，这也很可怕。伦彦似乎也有同样的预感，他接过那枚百元硬币道："谢谢。那我们就听你的。"

"祝你们成功。如果，将来你们干成了什么大事，要记得说，那是多亏了当初游艺城里的大哥哥哟。"店员满意地点头，然后又说了一句明显是自言自语的话："那居然是编的？"

我们带着教授回到了刚才的机器旁。

一百元硬币，那个用"诚实"换回的一百元硬币，被郑重地投进了机器里。

我们弓身祈祷。

刚才教授叹息的那句"如果能再来一次"并不是借口。靠着刚得到的那枚硬币,我们顺利地拿到了礼品。

一台小型无人机。

❀

用无人机,或许就能看见二楼的房间,看见靖的房间里什么情况了吧?

这就是我在从图书馆回家的路上想到的点子。最近有的无人机上还装了摄像头,我就提议用那个试试。

"可是,无人机打哪儿来?"被伦彦这样一问,我也无话可说了。

就算真的有商店在卖,恐怕那么高的价格我们也买不起。

"我还以为这是个好主意呢,看来不是。"

我刚承认,伦彦却瞪大眼睛道:"不,或许还有可能性。"

"怎么说?"

"没记错的话,车站旁边游艺城里的抓娃娃机,里面就摆了小型无人机的礼品。"

"成了!"我看着教授抱在怀里的盒子,忍不住地笑。虽然获得成功是凭借教授的研究和技术,但我还是很有那种"作战成功"的成就感。

"要紧的是下一步。"伦彦说。

他说得没错。

接下来要做的是练习操纵无人机。我们骑自行车来到河堤边，打开盒子，把说明书读了一遍。操纵需要通过无线连接的智能手机进行，多亏伦彦带了智能手机来。连接完手机，做好各种准备，我们就轮流练习起操纵来。

一开始，只要无人机稍稍上升一些，我们就兴奋地大声叫好。让无人机飞朝着特定的方向飞，或者上升到指定的高度则太难，也不知坠机了多少次。

远距离操纵的无人机游戏很有意思。内置摄像头将影像传送到手机上，这也很新鲜，我们三个沉迷在无人机的一次次起飞和降落里。

如果不是伦彦提议"趁东西还没坏，得去靖家里"，我们很可能会一直玩到傍晚，然后互道一声"今天真开心"，各自回家。

就这样，我们骑车来到靖家，终于要开始正式行动。通过河堤边的练习，我们发现操纵得最好的是教授，所以这次行动就交给了他。

教授将无人机放到路上，拿好手机。

"靖的房间应该就在旁边。"伦彦伸手指道。

"窗帘是拉上的呀。"教授指出问题。不过那窗帘是蕾丝的，我还是抱有多少能看见一些的期待。

那我试试——教授脸上仍然没有表情，但感觉得出一丝僵硬。这时候当然会紧张了。只见他端好手机,不一会儿螺旋桨转了起来,随之发出一定程度的噪声,然后无人机一下子就飘了起来。

那时候浮现在我脑海里的,是隔着窗帘,靖正挨他爸打的情景,或者是挨了踢,身上瘀青的靖。

教授操作得很好,无人机到达二楼靖的窗户的高度,虽有一些上下浮动,但还是成功悬浮住了。

"就这里,把摄像头转到前面。"伦彦站在教授背后盯着智能手机,做出指示。

教授的神情十分专注,一直盯着屏幕。

我也绕到教授背后踮起脚望向屏幕,想看看室内究竟什么情况。

蕾丝窗帘出现在镜头里。

"是靖,他在里面!"伦彦的声音有些大。他说得好像这是什么重大发现一样,可那本来就是靖的房间,并不值得惊讶。不过我也一样陷入兴奋,叫道:"找到了!"

窗户"哗啦"一声开了。

靖拨开窗帘露出了脸,低头看着路边的我们。

他怎么感觉挺自在,还慢吞吞地说道:"哎——你们,干吗呢?"

教授估计也吓着了,正惊讶时无人机就往地上落去。螺旋桨停止转动了?我当下觉得那东西掉下来没人受伤真是运气好。

靖在二楼看着我们,眼睛炯炯有神地喊:"我现在下去。"

他旁边，还有他棕色头发的爸爸。

靖从家里出来，饶有兴趣地盯着我抱在怀里的无人机。

"这个是从抓娃娃机里抓出来的？也太豪华了吧。"他感叹道。

靖的爸爸也站到了他身后。我感觉自己背上渗出了尴尬的汗珠。

"为什么要在我家前面飞？"靖提出这个疑问也是很正常。

我跟伦彦只能糊弄："也没为什么……"

"什么叫没为什么？怎么不找个宽敞点儿的地方？"他感觉奇怪同样很正常。

我脑子转得飞快，思索着怎么解释才能蒙混过去。

"靖，谦介和伦彦怀疑你是不是在家里被虐待了。"教授居然直接就说出了真相，我很吃惊。

叛徒！我好想发火。

他似乎觉得这跟自己没关系，明明跟我们站在一起，却像是在告发别人的间谍活动。

"啊？虐待？"靖呆住了，"谁？"那模样像是在担心什么不相干的旁人正遭受虐待。

"不是，没有……"

靖看向他爸。不一会儿，他"扑哧"一笑，似乎明白了刚才那番话的意思。

"我？虐待靖？"他爸的表情也很意外，虽然困惑，但还是露出了笑容。

"为什么会这么想？"靖问道。

为什么来着？伦彦看我。

为什么来着？我也没办法再往别人身上推，开始在记忆里搜寻："因为，昨天我们来的时候，靖的爸爸有点儿怪。"

"啊？我怪吗？"靖的爸爸指着自己，歪着头道。

"感觉像是有事情瞒着。"虽然态度不错，可他都没拿正眼看我们。

我提起这些，靖的爸爸才"哦"了一声，似乎认可了："那是因为，当时靖正在家里打游戏，其实还挺精神的。"

"什么情况？"

靖窘困地低下了头："我……是说肚子痛然后请假了没错……"

"实际上是装的？"伦彦拿食指对着他，故意找碴儿似的说道，"你装病请假。"

靖的爸爸伸手挡住那如箭矢一般戳出来的食指，仿佛要保护靖一般，说道："那是我说的。他说不想去学校，我就对他说，这种时候不用勉强，休息也是一种办法。"

"靖，你不想来学校？"

"嗯……"靖小声地，有些犯愁似的点头道，"我运动不行。

怕上体育课。尤其最近不是在打垒球吗？我防守时根本都拿不到球。"

"真的假的，你还为那种事情犯愁？"伦彦瞪圆了眼睛。

"伦彦，你擅长运动，可能不会理解。"我在他身旁道。

"做不好的事情却不得不做，其实挺难受。我就五音不全，音乐课简直是地狱。"

"靖从一大早就在犯愁，所以我就让他在家休息。我也有过这样的经历，一旦什么事情你觉着非做不可，那反而会被逼得很难受。做不了的时候就休息，能这样想，也会稍微轻松些。"靖的父亲挠头道，"结果，他在家里悠哉地打游戏，你们来了，可能我有点儿慌，所以态度就怪怪的了。"

"什么呀，搞半天是这样。"伦彦嘀咕了一句，然后又似乎想起了什么，说道，"对了，瘀青。你身上还有瘀青！"

"瘀青？"

"靖，你身上有瘀青对不对？我可是都看见了。"

对了，还有那回事呢。所以我们才更坚信了关于虐待的怀疑。

靖当场捋起了穿在身上的T恤。在他的腰部，可以看见浅浅的青黑色阴影。"你说这个？"他伸手指道。

"就是那个。"伦彦点头。

那里有两三块瘀青，而且还不小，看上去就是遭受险恶暴力的证据。

"哦，那个啊。确实，看上去挺像虐待造成的。"靖的爸爸苦笑。

"这可是努力的结晶。"

"努力的……？"

我不明白什么意思，凑到靖的身旁盯着瞧。

"我在家练习打垒球啦，就前段时间。我觉得如果球接得好，或许就能有些自信。"靖有些不好意思，嘀嘀咕咕地说道。

"我投出去的球，力道好像有点儿太强了。"靖的爸爸表情有些难过。

靖告诉我们，他练习了，还弄得青一块紫一块的，可球技就是不见长，这又让他更不愿意上体育课了。

"什么呀。不就是棒球嘛，我可以教你啊。"

"哦？真的？"靖凑上前问道。他出乎意料地积极，伦彦都往后让了让。

"难道你一直以为我不愿教你？"

"我不是那个意思。"

"不过话说回来，用无人机摄影……"靖的爸爸露出了洁白的牙齿，"你们的想法挺有意思啊。"

"对不起。"我心虚地道歉，"吵到你们了。"

"不过，"靖的爸爸说，"我这样讲或许有点儿怪，不过你们不要害怕犯同样的错误，如果觉得靖的情况不对劲儿，希望你们多关注他。你们别看我们现在这样讲，或许我真的就是在虐待，这也是有可能的。可能我威胁了靖，不准他对外人讲。所以呀，面对大人的时候，你们不可以全都当真，不可以完全信任对方，该怀疑的时候就要去怀疑。"

"唉……"我已经完全弄不明白了。

"哦,我可是没有虐待谁。只是叮嘱你们一下,以防今后出现那样的情况。不可以凭外表去判断一个人,有的人看上去挺好,可是在家里或许很粗暴。哦,我可不是这样的人哟,先说好。"他说得很认真,然后看了看靖的脸。"怎么办呢?"他像一个走投无路的孩子一样叹息道,"我真是越解释,越可疑。"

靖笑出了声,似乎很开心。

"我也想飞一下这个。"靖说。我们当然没有反对。

"没问题,你可以试试。"我将无人机放到地上,把已经连好的手机交给他。

"真家伙呀。"靖有些紧张,让教授教了他操作方法。

靖的爸爸叮嘱了一句"玩儿的时候要小心",就回屋去准备晚饭了。

"你爸爸在家做饭?"伦彦问。靖好像挺开心似的点头:"做得还挺好吃呢。我妈做家务完全不行,他全都做。今天我妈去上班了,我们俩还在家打扫卫生,收拾得可干净了,他很擅长做那些。"

"真好呀。"伦彦毫不掩饰地感叹。

"你爸那么好,我们还怀疑他,真是对不住。"我说出了心里话。

"别,没那回事。谢谢你们担心我。"靖这样回答,看起来真像一个成年人。

"要注意，别飞到奇奇怪怪的地方。"教授对他说。

就在下一秒，无人机就往斜上方飞去了。仿佛是在调皮地说："你担心得对！"

靖慌了，手指更是拨向了一个不该拨的方向。可能因为靖的慌张，无人机带着出乎意料的速度消失不见了，那势头太猛，眼睛几乎都看不清楚。无人机朝一户人家的背面飞去，智能手机的画面也变黑了。

那只是一瞬间的事。

我们没能立刻反应过来。

"不好了，去哪儿了呢？"似乎过了很久，我才朝四周张望，在各个方向的天空里搜寻。

"往哪个方向去了？"

"不知道。"

"没看见。"

我们四个决定分别往不同的方向寻找。

如果落到了别人家里，或者砸中了行人车辆，那可就麻烦了。

"不好啦不好啦，有人见着我家无人机没有？"我几乎要一边跑一边这样高声呼喊了。

就在我后悔应该骑上自行车来找的时候，我注意到伦彦正在一个十字路口，躲躲闪闪地朝着马路对面张望。

"伦彦，怎么样？找到了吗？"我喊道。他吓了一跳，朝我这边看，然后默不作声地点了点头，手指向前方。他到底躲什么呢？

我走到旁边，学着他的姿势往前瞧，发现一名男子正停下小摩托，带着可疑的目光盯着地上的无人机瞧。

"是不是砸中那个人了？"

"谁知道呢。"伦彦歪起头。

"感觉他好像会发火。"

"要不咱们就这样装糊涂？"

好不容易才抓出来的无人机，就这样放弃的确可惜，不过总比挨大人的骂好。

"是啊。"我也同意，"不是有句话叫好汉别那什么嘛。"

"是别多管闲事吗？"

意思好像有点儿不对，不过我觉得反正结果都一样，于是打算跟伦彦一起回去找教授和靖会合。

就在那时，妈妈的话从我脑海里划过。"好好道歉，这也很重要。做错了就道歉，其实很多人都做不到这一点。"

虽然没有什么特殊才能，但我想成为一个诚实的人，一个在该认错的时候懂得认错的人——或许当时我心里有过这种心思。我问我自己：逃避很简单，但这样好吗？

不知不觉，我的步伐已经迈向了前方。

我，正向那名男子靠近："对不起。那个是我的。"

砍倒樱桃树的人是我！少年华盛顿出现在脑海里，他诚实地道歉，不但没被责备反而受到了夸奖。同时出现的，还有教授的话："那是编出来的故事。"

诚实地认错或许能得到原谅。这样想的我太天真了。

溜走才是正确的做法，我的身体里满是后悔。那个五十岁左右的男人一直在骂我，骂个不停。那不是责骂，更像是一边叹着气一边没完没了地发牢骚。

伦彦之后也跟了上来，我们俩只能缩着头站在那儿。

"这玩意儿，如果砸着人，那可就是大事故。你们想什么呢？现在的小学生真是太不像话了。"他的食指对着我们，仿佛要用力戳穿我们一样。

"对不起。"我再次低头赔罪。

这人没完没了地发脾气，可听那意思，其实无人机并没碰着他，也没砸中他的小摩托。

他发现地上有个无人机，正停下车，我就上来道歉了。这种情况，应该形容为飞蛾扑火。

男子的话似乎永远没个头，渐渐地我开始觉得，他或许只是想发泄心里的压力。他可能是想把比自己弱小的对手当作打拳击的沙袋。

我有些怕了，感觉这事完不了。

"你们真的知道错了？"

"是，对不起。"我和伦彦道歉。

"那你们就跪下吧。"男子拿手指着地面道。

"啊？"

"知道做得不对,那就跪下道歉。"

我震惊了,为什么非得那样才可以?伦彦也是一副惊讶的表情,看着我。面对比自己弱小那么多的小学生,却要让他们下跪,这很有意思吗?

"喂,让你们赶紧呢!"他大声吼道。

对方明显失去了控制。不过面对他这样强硬的语气,我们也不敢反抗。

都怪华盛顿。就因为诚实,我才吃了这个大亏。

华盛顿为什么就没挨骂?

因为斧头还在他手上呢。

我想起了那个笑话。华盛顿手上有斧头,我却没有。该怎么办?我的脑子拼命地转。

我也没多想,就放下了背在肩上的书包。或许对方以为我这是准备下跪了,但我却直接把手伸进书包里,拽出两本书来。那是从图书馆借来的。

我注意动作尽量不要夸张,然后将两本书挡在肚子前面,好像在准备护身符一样。《诅咒你的十种方法》这本书的标题我故意让他看到,另一本是《黑魔法大全》。

不要让他以为我这只是在恶作剧,就像当初华盛顿把斧头拎在手里一样。

男人的眼睛看向我,又看了看我一本正经抱在怀里的书。那一瞬间,他不知说什么好,"跪下"的声音也不见了。

"你在威胁我?"——他并没有这样问我。我只不过是怀抱着两本书，用能看得清标题的方式。

就在这时，传来一个粗暴的女性声音："你们给我站住！"

我不知道出了什么事，慌忙转头看四周，发现一女的正气势汹汹地从我们背后走来。

是妈妈。

她不容分说就冲了上来，连叫一声"妈妈"的机会都没给我，或许那也正是她所希望的。"你们打算怎么赔我的车？"她走上来就冲我们喊，"不像话，你们俩是哪个学校的，叫什么名字？"

然后妈妈又转向那名男子道："你也是受害者？是这帮坏小子干的吗？这两个可怕的小子、传说中的无人机少年对你做了什么？"她说得唾沫横飞，企图以大嗓门来掩饰她那拙劣的演技。

"哦，不是……"男人被妈妈的气势所压制，而且他自己并没受什么损失，所以说话有些结巴。"传说中的无人机少年"这样的词，她是怎么想出来的？

妈妈抓起地上的无人机抱在了她自己怀里。"走，跟我去那边谈赔偿的事。"说着就上来拽我和伦彦，"你们可得给我出修理费。"

这时候，我明白了妈妈的心思。她可能是故意想把事情闹大，然后打算趁男子说不出话的时候带我们溜。如果我们的母子关系这时候暴露，那就全完了，所以我最好别乱说话。我还给伦彦递眼神，让他保持安静。

"喂，等等，你打算拿那俩孩子怎么办？"男人问道。

"带到那边……"妈妈的话说一半又不知该如何继续，停了下来。按她的脾气，或许会说出"带到那边行刑"之类的话，只是胡扯到那种地步绝不是好事。"真是的，这些孩子怎么能这样。"她打算糊弄过关。

"就是。"男人狠狠点了点头，"真想看看他们父母都是些什么样的人。"

妈妈的身子一抖，停下了脚步。

她转身面对男子，发出一声沉重的叹息。"就是的。真想看看他父母都是些什么样的人。"她仿佛在幻想着某个仰慕已久的人一样说道，"一定是很了不起的人吧。"

她说得坚决又果断，男子似乎还没理解到底什么意思，就被她撇在了一边。

刚拐过弯妈妈就说"好了快跑"，然后就跑了起来，我们也就追着她跑。再拐过一个弯，教授和靖正等在那里。

妈妈说她只是碰巧路过，遇到了靖。这里跟我家只隔一个街区，买东西时常常经过。靖看到我妈，就说"刚才出大事了"，然后告诉她刚才无人机失踪的那场意外。

妈妈四处找，然后就目睹了我和伦彦正挨那男人骂的场面。

"那人看着就挺烦的。"妈妈说道。她心想着得帮助我们脱身，最后想出来的，就是刚才那个极为勉强的方案。

"嗯，是呀。"被一个除父母、熟人、学校老师之外的普通成年人责骂，是以前从没有过的事情，或许我其实比自己感觉中要恐怖和紧张许多。面对我们这些孩子，那个大人不但没有克制，反而变得更有攻击性。从这种从未遭遇过的恐怖中得到解放，可能是情绪一下子放松了的原因，眼泪居然不知不觉就掉了下来。我看看身边，伦彦也一样在哭。

"哎呀哎呀，真可怜。"妈妈对我们说，"害怕了？"

为什么哭？我自己也说不清楚，只是左右摇头。

"谦介，你很了不起，选择了诚实地去认错。"她这样对我说，我的眼泪又涌了出来。

我忽然想到：少年华盛顿被夸赞诚实了不起的时候，有没有哭呢？然后我又听到一个声音在说：那都是编的。

"这也太慢了。"妈妈在看表，不过好像并没有不耐烦。

那是在家电商城里的电视卖场。家里的电视仍然打不开，到底还是要来买了。妈妈问刚才看中的电视能不能打折，店员说"请稍等"然后就不见了，好久都没回来。

"爸爸不是跟你说了不用在意价格吗？"

"话是那么说，当然是越便宜越好了。"妈妈打量着那些排列在一起的电视道。

妈妈像是突然想起了什么。"对了，靖去学校了吗？"她问道。

"哦，来啦。"无人机事件过后，隔周他就去学校了，没有请假。或许向我们坦白垒球打得不好之后，他心里也轻松了许多。放学后，时间允许的话，伦彦就跟他做传接球练习，教他怎么用棒球手套。

"一百块钱还回去了吗？"这说的是游艺城那个店员的钱。我告诉妈妈，教授抓娃娃的时候，最后一百块是店员给的。"也许他不是什么好人呢，最好还是不要欠别人的。"妈妈提醒我道，"你就不怕，万一以后人家说你什么？"

可能她说得确实有道理，所以我就跟伦彦一起回去还钱，结果那店员已经辞职了，并没能见到他。

"既然他人已经不那里了，那也没办法。"

"无人机的事情，爸爸说什么了吗？"

"说啦，说谦介真了不起。"

"嗯？我做了什么了不得的事情吗？"

"那谁知道。"

店员回来了。他体格健壮，肩膀也很宽，可行动却有些迟缓，看上去就没什么精神。看他似乎不大擅长说话的样子，连我都有些替他放心不下了。

"哦，嗯……"他嘀咕了一阵，然后递过一张小字条，上面有个手写的价格，"可以给到这个价格。"

"比我想的也没便宜多少嘛。"妈妈说。那金额我没认出来，不过可能还没便宜到让人心动的程度。

"有没有更便宜点儿的可以推荐？别的牌子也行。"

"哦，好。"店员认真地点点头，从口袋里掏出一个记事本看了起来。我偷偷瞟了一眼，上面写满了密密麻麻的小字，都是商品信息，可能都是他自己整理的笔记。我想起了妈妈之前说过的话："最终获胜的，还是诚实而遵守约定的人。"

我们走了两步来到另一批电视机前，画面里正播出篮球比赛。好像是日本国家队和某篮球强国的队伍间的比赛。可能有的电视开了声音，现场实况和解说也能听见。

时间没剩多少了，日本队还落后一分。比赛争夺很激烈，这本身是件好事，但是就剩十几秒了，要怎么才能扭转比赛呢？实况转播的声音和观众席上的热烈气氛都充分传达了这份期待。

身材偏瘦小的日本队选手拿到了球，他在离篮筐还比较远的位置运球。解说员用了一些"前视频博主，大器晚成""很有经验""王牌"之类的词。看来他以前是个视频博主，但现在已经成了日本队的主力。既然是王牌，那就赶紧拿下比赛呀，我在心里事不关己地想道。篮球比赛里进一球应该是得两分，只要投篮命中就能逆转比赛，这些我还是懂的。

剩下的时间不到五秒钟了，看来是没戏了。正当我这样想时，那位选手往后撤了一步。就在防守队员跟上来的时候，他仿佛早看穿了对方的动作一般，往前冲去。防守队员动作慢了半拍，跟不上他。

见他强行运球突破，其他防守队员都围了上去。

他并不在意，选择了起跳，可是两名人高马大的外国队员已经像一堵墙一样地站在了前面。

就在我以为他的投篮要被拦下的瞬间，他的手腕忽然又一转。他的球还没有脱手。趁着两名防守队员开始下落的时候，他轻盈地将球从旁边扔了出去。就在那一刻，哨声响了。

我一下子并没反应过来发生了什么。

呀！我在心里这样想时，球已经穿过了篮网。我仿佛听到了"唰"的一声响，那感觉真舒服。球场上的所有日本队员都举起了双手，高高跳起，仿佛是要把地球都踩得啪啪响。

实况解说员在喊着什么。

哇！我握紧了拳头。

我猛地抬头，发现妈妈正尖叫着"好棒"，那姿势好像在高呼万岁。

进球，日本大翻盘，压哨扭转比赛，叫喊声从电视里冲了出来。

后来我才发现，店员的眼睛都变得通红了。他盯着电视画面，眼眶里都是泪水。

"我说这位服务员，你这是怎么啦？虽然说这的确是挺让人感动……你是篮球迷？"面对妈妈的提问，店员左右摇头。

"哦，那，比赛球员里有你认识的？"

母亲这样问，他又用比刚才坚定好几倍的声音否定了。他挥着手，嘴里说着："不是。我不认识。"可是那语气，几乎已经是哭哭啼啼了。

他的态度很坚决，仿佛如果让人知道他跟谁认识，就会给那人带去很大麻烦一样。

店员又重新看起自己手上写满了字的记事本，似乎在拼命地想找出值得推荐的电视。可在这个过程里，他已经擦拭了好几次眼睛，还边点头边对自己说着什么。他紧咬着嘴唇，仿佛在对自己说，这样就好，这样很好。

　　"怎么啦？你怎么哭成那样？"

　　这时候另一名店员从旁边跑来，看了看我们，问我们要不要紧。妈妈耸耸肩道："这位服务员突然就哭起来了。"

　　身体不舒服？年轻的店员似乎在替这位职场上的前辈担心。然后他转向我们，鞠躬道："真对不起。他平时是个很诚实，很好的人。"

　　"没事没事。"妈妈笑了，"我就买刚才那台电视吧，就那个价格没问题。"

　　"啊？"店员和我同时说。

　　"我看到了一场精彩比赛的结局，而且，我也喜欢诚实的人。"

　　店员偷偷瞟了一眼仍在直播篮球的电视画面，又慌忙低头赔礼。

参 考 文 献

《为什么会相信超常现象——源自过于相信的危险"体验"》
[日]菊池聪 著 | 讲谈社

《通过四分类理论让孩子跑得更快！运动能力显著提高！》
[日]广户聪一 监修 | 日本东院本社

本书还同时参考了网络上的资料。但所有参考内容都在写作过程中有大幅删减和改写，请读者不要当作真实有效的信息。

数个短篇里都出现了一名叫作"矶宪"的教师，该人物的命名借用了我小学老师的姓名，也就是从四年级开始当了我三年班主任的矶崎老师。矶崎老师当时是一名新手教师，如今回头想想，老师当初应该也是在种种错误中成长起来的。而老师教给我的除了知识以外，还有几件很重要的事情。大约六年前再会之后，我觉得又从老师那里得到了重要的教导。所以，既然难得要写以小学生为主角的短篇，我就让老师登场了。

我觉得，以少男少女、儿童为主角的小说很难创作，现在也仍然这样认为。孩子成为故事的讲述者，所能使用的词汇就会因为年龄的限制而有所减少，很容易让人觉得这是一本面向孩子的作品，哪怕那不是我本人的初衷。如果它单纯地被看成是忆往昔、讲道理的故事，或是华丽美好的故事，我会不太满意。但如果写成一个余味苦涩的故事，感觉又太恶劣。

怎样才能写出只有我才能写的关于少年的小说呢？我前思后想烦恼了很久，为了使我心中的梦想家和现实主义者都不失望，最后写成了这五个短篇。

我无法客观地去评价自己的作品，不过我觉得，自出道至今二十年，它是我将这份工作持续至今的一个成果。

文治

磨铁图书旗下子品牌

更好的阅读

出 品 人　沈浩波
特约监制　潘　良　于　北
产品经理　刘　烁　单元皓　徐子叶
特约编辑　张雪帆
版权支持　冷　婷　郎彤童
装帧设计　少　少

关注我们

官方微博：@文治图书
官方豆瓣：文治图书
联系我们：wenzhibooks@xiron.net.cn

图书在版编目（CIP）数据

逆转苏格拉底 /（日）伊坂幸太郎著；代珂译. —成都：四川文艺出版社，2022.6
ISBN 978-7-5411-6343-2

Ⅰ.①逆… Ⅱ.①伊… ②代… Ⅲ.①中篇小说—小说集—日本—现代 Ⅳ.① I313.45

中国版本图书馆 CIP 数据核字（2022）第 082450 号

Gyaku Socrates by Kotaro Isaka
Copyright © 2020 Kotaro Isaka/CTB
All rights reserved.
Originally published in Japan by Shueisha Inc., Tokyo.
Chinese (in simplified character only) translation rights reserved by Beijing Xiron Culture Group Co., Ltd. under the license granted by Kotaro Isaka arranged through CTB Inc.

著作权合同登记号 图进字：21-2022-175号

NIZHUANSUGELADI
逆转苏格拉底
[日] 伊坂幸太郎 著　代珂 译

出 品 人	张庆宁
策划出品	磨铁图书
责任编辑	苟婉莹
特约监制	潘　良　于　北
封面设计	少　少
责任校对	段　敏

出版发行　四川文艺出版社（成都市锦江区三色路238号）
网　　址　www.scwys.com
电　　话　028-86361781（编辑部）

印　　刷　嘉业印刷（天津）有限公司
成品尺寸　145mm×210mm　　开　本　32开
印　　张　8.5　　　　　　　　字　数　169千
版　　次　2022年6月第一版　印　次　2022年6月第一次印刷
书　　号　ISBN 978-7-5411-6343-2
定　　价　48.00元

版权所有·侵权必究。如有质量问题，请与本公司图书销售中心联系调换。010-82069336

这个故事将在中途一分为二。
你可以选择只看故事 A,
或者只看故事 B。
也可以两个都看!
任君自取!

"小学那会儿，我们管它叫'无事故塔'来着。"

在客厅，我指着电视上的新闻对妻子说。电视上的画面中是车站前的一栋高楼。那栋楼原本的名字混杂着片假名和英文。

"因为上面显示了交通事故的信息？"妻子一语中的，但也可能是谜底本身就显而易见。

大楼的外墙上，显示了当天发生的交通事故数和死亡人数之类的信息。据说，大楼的创设者在一场交通事故中遇难后，继任者为了祈愿交通安全，做了这样的设置。

"'无事故*结束——大化改新'，听说过吗？"我突然问道。

"是为了方便记年代的文字游戏吧？"

印象中，以前的历史考试，主要就是背诵各种历史事件的年代。

---

* 原文"無事故"的日语读音和"645"接近，而大化改新开始于公元645年。

"嗯，你觉不觉得这个说法太牵强了？"

"牵强？"

"大化改新是公元645年，中大兄皇子和中臣镰足暗杀苏我入鹿之后开始的政治改革，所以严格来讲，应该不能简单地把大化改新和645画等号。放过这点暂且不论，645也应该是改革的'开始'，而不是'结束'啊。还说什么'无事故'，都涉及暗杀了，怎么能说是'无事故'？"

"难不成得说'腥风血雨的开始——大化改新'？这都哪儿跟哪儿呀。"妻子笑着打开了楼梯间的灯，楼梯间通往诊所。"要不要在'中野内科'网站的医生介绍里给你加一笔？说你是一名极其计较历史年代的医生之类的。"

新闻画面中，"无事故塔"再次出现。

记忆的电路好像接通了一道电流。

我想起了藤原。

❀

他是小学五年级时转学过来的。

当时我旁边的座位刚好空着，我们理所当然地成了同桌。

我在班上并不起眼，新同学的到来让我格外紧张。不过想想如果自己是他，在新的学校人生地不熟的，心里肯定更紧张。于是，在借给他教科书的时候，我主动示好："有什么问题随时找我呀。"

"中野和藤原同桌啊。"走进教室的班主任，见我们坐在一起，愉快地说，"中臣镰足后来改名叫藤原镰足，NAKANO*和FUJIWARA**可是推动'大化改新'的二人组啊。"

班上同学都被逗笑了。班主任酷爱历史，那段时间他刚好在给大家讲"大化改新"。

突然被老师开玩笑，我尴尬地低下头。旁边的藤原却毫不介意地说："老师还是注意点儿吧，要是班上有人姓苏我的话，就不好了。"同学们哄堂大笑。

刚来第一天就敢这么肆无忌惮地开玩笑，真是不简单，我大受震撼。自己竟然还和他说什么"有什么问题随时找我"，一副很了不起的样子，想起来真是尴尬。

实际上，藤原之后如鱼得水，反倒是我四处碰壁。

------

* 中大兄皇子（なかのおおえのおうじ）前三个假名的日语读音与"中野"相同，皆为NAKANO。
** 藤原（ふじわら）的日语读音为FUJIWARA。

他的运动能力很强，人也风趣，没过多久就成了班上的核心人物，朋友甚至比我还多。

可是不知道为什么，藤原却经常和我待在一起。也许是因为我们家都住在同一个方向，所以常常会一起有说有笑地回家。

将车站前的那栋大楼——"无事故塔"，戏称为"我们的圣地"的，也是藤原。

按他的说法，大化改新发生在645年，可以用"无事故结束"来记。所以"无事故塔"和我们俩有很深的缘分，因为我们是大化改新二人组。

巧合这个东西真可怕。"无事故塔"是"六月十二日"那天建成的，这一天正好是中大兄皇子与藤原镰足暗杀苏我入鹿的日子。发现这个事实的时候，我简直心潮澎湃。

小学六年级时，正值"无事故塔"建成七十周年。发布了纪念日将举办大型活动的消息，我们当即决定两人要一起去参加。我对此期待不已。

然而事情却未能如愿。

任何时代都难免出现新的病毒。就在那之后不久，一种未知的传染病开始流行。学校停课，整个社会被紧急事态带来的紧张感包裹得密不透风。我们不能去朋友家玩，外出时也被要求要戴上口罩，反常的事情日复一日地发生着。不仅我们这些小孩，连大人们也坐立不安。"无事故塔"的纪念活动被迫取消，我们甚至没顾得上为此感到遗憾。

🦋

我想起就在毕业前夕，有一天回家的路上，藤原说他要抽签。当时老师要求我们以"未来的梦想"为题写一篇作文。"我哪儿有什么梦想嘛！"藤原满腹牢骚，声称要抽签决定。

"中野你想当医生是吧？"

"不知道能不能当得上呢。"因为爷爷和爸爸都是医生，家里要求我也以此为目标继续成为一名医生。

"你肯定行的。"

我有点儿害羞，说道："我觉得，无论藤原你做什么，都一定能成功的。"

"不行不行。"他笑着继续说，"光活着就够累了。"当时，我并没有细想他这句话究竟是什么意思，"我还是抽签吧，抽中什么写什么。"

我们走进附近的公园，在长椅上坐下。藤原调整好歪歪扭扭的口罩，放下书包，从里面掏出笔记本，当场做了一张阿弥陀签。我仔细看过去，签纸底部的结果部分写着"老师""足球选手",以及"超级英雄""公司职员""比萨师傅"等,应该是想到什么就胡乱写上去的吧。

"我把你那个也写上吧。"说着,他又加了一个——医生。

"超级英雄?是超人和蜘蛛侠那种吗?"

"嗯……应该是蝙蝠侠或钢铁侠那种的吧。不依靠超能力,自己开发武器的那种,会比较现实吧?"

"一点儿也不现实好吧!"

话虽如此,我还是草草添上几条横线,把纸递给他:"来,选吧。"

"不知道外国有没有阿弥陀签。"藤原边说边把手指放在纸上。

这时,不知打哪儿飘来了一只白纹蝶。

A

"你怎么了?"

被妻子提醒,我才发现自己一直直愣愣地站在日历前。

"是今天。"

"什么?"

"刚刚新闻上说,六月十二日,今天是百年纪念日。"

我这才想起来!心跳在加速,脑海中的记忆之门缓缓打开,童年时代的情景好像百宝箱中的白烟,接二连三地往外冒。白烟让浦岛太郎瞬间变老,却把我带回了小时候。

"我突然想起来,我们好像约好百年纪念日那天,要在'无事故塔'再见。"

"什么呀?和谁?"

"藤原啊。"

"没听你说过。"和妻子相识已经二十年了,童年回忆和青春轶事基本都跟她聊过，藤原的事情应该也作为"小学时的朋友"提起过。不过应该没有说得很细，因为这些年，每天焦头烂额，我早已把与藤原有关的记忆丢到了一边。

小学毕业后，藤原招呼也没打就转学了。我记得中学开学那天，自己在分班表前站了半天，但就是找不到藤原的名字。

"突然搬家了吗？"

我点点头。也许对藤原来讲也是事发突然吧。后来我听传言说藤原和他妈妈为了逃离他的父亲，离开了市里。当时，我大为震惊，自认为自己是他很好的朋友，却对他的家庭问题一无所知。

"自那以后我们就再也没见过。"

藤原这个名字也实在太过普通，就算网上也找不到任何线索。

"那你们什么时候约好的？"

"他给我寄过一次贺年卡，我回了他。但是第二年再寄的时候，地址就换了，后来再也没有寄出去。"

那张贺年卡上画着潦草的插画，旁边写着："无事故塔一百周年的时候再见吧。"这应该是玩笑似的突发奇想吧。

"这三十年里，忘了个一干二净，竟然在约定当天会突然想起来,也不知道算不算偶然。"我不禁跃跃欲试。但兴奋劲儿渐渐过去后,又想起眼前的事,于是我站起身:"还是准备准备开门营业吧。"

"要不你去看看?"

"去哪儿?"

"'无事故塔'啊,不是约好了吗?"

我苦笑:"为什么?"

"说不定藤原君来了呢?"

"因为百年纪念?"

"为了见到大化改新二人组的另一位啊。"

"他不可能来。"我当即回答。毕竟我也只是突然想起而已。

"要是人家也想起来了呢?"

我这才意识到妻子是认真的,不应该开玩笑搪塞过去,也不应该拒绝。

"可这马上要开门了。"

"今天休息一天不就好啦?"

"太突然了吧?"

虽然规定了门诊时间和休诊日,但是这十多年来,我从来没有休息过,只要有人来看病,不管是半夜还是凌晨,一定来者不拒。这样是否正确我也说不上来,但可以肯定的是给妻子带来了不小的负担。

"我们一直兢兢业业，偶尔休息一天患者也会理解的，我也会跟他们好好解释。去吧，毕竟'助人者人恒爱之'。"

"都什么呀？"

"这是我妈常挂在嘴上的话，说是她的小学老师以前经常这么说。她动不动就把那位老师的话搬出来，就像《论语》里的'子曰'那样，一口一个'矶宪曰'。总之你去看看吧。"

"可是……"

"百年一遇欸。"

"不是啦，要是因为休诊发生什么事……"

"放心吧。"妻子用力点点头，"会'无事故结束'的。"

上一次来"无事故塔"是什么时候来着？我的日常生活局限在家和诊所，根本不需要到车站附近来。大楼正面显示着交通事故信息，显示屏已经换上了新的。

一楼是一个宽敞的大厅，电梯有好几座。部分墙壁内嵌了显示屏，上面正在播放一百周年的庆祝视频，还显示了当天的活动内容与会场。

我看了一眼钟，九点半。这才想起我们根本没有约定具体的见面时间。怎么可能见到……顿时觉得自己很可笑。仔细想想，就连藤原现在的长相，我都一无所知。

我并没有因此消沉。好不容易来了，我准备在大厅里一直等下去。偶尔有这么一天也无可厚非吧。坐在大厅的长椅上，我时而起身四处走动，时而走到柜台旁边，一边环顾四周一边一一掬起汩汩涌起的回忆。

小学修学旅行时，藤原一会儿朝我扔枕头，一会儿又大喊着"风神来啦！"手拿吹风机狂挥乱舞，结果被老师骂了个狗血淋头。

"您好，请问您是中野先生吗？"

听到这句话时已经接近中午。是藤原！我迅速回头，但是很快就发现自己弄错了。虽然日语无可挑剔，但那是一位戴着眼镜的西方人。

"是中野先生吗？"

我疑惑不解地点点头，对方说他叫汉斯，是个德国人，目前住在日本。

"是藤原先生拜托我来的。"他说。

"藤原？"

他微微一笑，打开平板电脑。那是一段视频，我一眼就认出视频中那个留着胡子的男人就是藤原,他还保留有几分小时候的样子。

"中野,看来你还记得我们的约定啊。"他露出孩子般的笑容,"看到这个视频就说明你没忘。我也记着呢。哈哈,骗你的啦。其实是前段时间看到'无事故塔'的广告才想起来的。"

"我是今天早上!"我下意识地说,仿佛他就在面前。

"我本来想不抱希望地过去碰碰运气,看看能不能见到你,但是工作上有安排必须去国外,只好紧急拜托汉斯帮忙。他说他刚好要去那附近。"

我暂停视频:"您是受藤原所托专门过来的吗?"

汉斯表情温和:"藤原先生好像在网上搜索过您的名字。"

据汉斯说,诊所主页的医生介绍上贴着我的照片,藤原把照片传给他,告诉他"这就是中野"。

"谢谢您专门过来。"

"您言重了,藤原先生可是我的救命恩人,这点小事算不了什么。"

我本以为"救命恩人"肯定是夸张的玩笑,没想到竟然是真的。

汉斯说,藤原在一个公益团体工作,他们专门在海外各国积极展开医疗活动，他不是医生，只是里面的一名工作人员。去年一月，一艘游艇在欧洲海域发生意外，当时正好在附近执行任务的藤原当机立断，组织周围的小船展开营救，把很多人救上了岸。汉斯也是船上一名获救的游客。

"我在一家传染病研究所工作，当时同行的有其他研究人员，还有几位享誉世界的专家。要不是当时藤原先生施以援手，真不知道会发生什么。"汉斯说。

在那之后不久，附近的小镇就出现了新型病毒的患者，好在经过他们的科学处理，病毒很快就得到了控制。

"如果当时没有做好隔离，病毒很可能会迅速传染到全世界。"汉斯说。我自然没有太大感触，只是顺着他的话头答应着："原来是这样啊。"

我继续播放视频，藤原又动了起来。

"小学六年级的时候，我抽了个关于未来的梦想的阿弥陀签，你还记得吧？结果是'医生'。我觉得自己根本当不了医生，但是心里还一直记着这件事，后来我决心要做一份可以帮助医生的工作——什么都贵在尝试嘛。话说你可真够努力的呀，我看了网站上的评价哦，有不少人在感谢你呢。"

啊……原来那会儿的结果是"医生"啊，我终于想起来。虽然藤原表现得云淡风轻，但我能够想象，他的工作一定很艰难。

"我小时候特别希望能成为你那样的人。"

听着平板里的声音，我简直难以置信，甚至怀疑自己是不是听错了。我当时多么希望自己能像藤原那样，就算转到新的学校，也可以成为班上的核心人物。像他这样的人怎么会羡慕我？我找不到任何理由。"你总是特别沉稳，不说人坏话，也从来不戏弄别人，而且总是特别友好。我刚转过去的时候，不是坐你旁边吗？你可能不记得了，当时你和我说了一句话。"

——有什么问题随时找我呀。

我记着呢。

"当时身边的人我一个也不认识，听到你那句话后立刻轻松多了。也许就是因为你那句话吧，我也开始希望自己能帮助那些有困难的人。"

我一时很难接受他说的这些。明明我们在一起的时候，遇到困难的总是我，伸出援手的一直是藤原。

"中野，谢谢你！"视频中的藤原略显腼腆地说。

小时候的我肯定没想到，自己会成为一个一大把年纪了还哭鼻子的大人。我对着视频连连摇头，再次暂停播放擦起了眼泪。

汉斯神情温和地站在旁边："有一件事您也许不

知道。"

"什么?"

"被藤原先生救起之后,我得知了我们那艘船的名字,顿时没忍住笑了。简直太滑稽了。"

"滑稽?"

"您猜为什么。"

"是因为船的名字?"

"海豚号。"

思考了一会儿后,我恍然大悟:啊!海豚号,也就是IRUKA*,汉斯应该是想起了大化改新中被暗杀的苏我入鹿,觉得藤原救了自己的暗杀对象。

我特别想说"确实很滑稽",可该怎么跟他解释呢?

B

"怎么了?"妻子问我。

看见电视上的"无事故塔"后,我想起一些关于

---

* 海豚的日语是**イルカ**,和"苏我入鹿"的"入鹿"读音一样,皆为IRUKA。

藤原的事情，还和妻子聊了不少。也许是新闻上报道的事情极其严峻且重要，脸一下子绷得太紧了。

"我担心能不能顺利收到疫苗。"

"没问题的，就只差配送了。"

经过临床试验确保了安全性后，疫苗终于开始提供给各都道府县。按照新闻上说的，疫苗先是集中配送到各地集散中心，然后通过摩托、无人机以及救护车等机动性高的运输手段分别配送。我的诊所也收到了相关通知。

"首先调用卡车将疫苗运至正面的广场。"戴着面罩的主持人说。那是塔形大楼，也就是"无事故塔"的面积范围内。

"你听说了吗？要不是船沉了，这次的疫情可能就不会发生。"妻子说，"昨天的报纸上是这样写的。"

"为什么疫情和沉船有关？"

妻子讲给我听——

原来，去年一月，欧洲发生了一起游船沉船事故。多数乘客溺亡，安置在附近的医院，其中包括享誉世界的传染病研究者和专家。

"据说这次病毒的首例感染者就出现在那附近的小镇上，时间上也基本一致。也就是说，要是没有发生沉船事故，船上的传染病专家们就能迅速应对，把传染控制下来。"

"听起来就像是大风吹起卖桶的*。"

"好像是叫蝴蝶效应。"妻子说。蝴蝶扇动翅膀这样小小的变化也会带来巨大的影响。老生常谈的话了。

三十年前，那会儿我们还在上小学六年级。那时也因为一种新型病毒，整个世界都乱套了。很多人死了，越来越多人丢了工作，世界满目疮痍。过了好长时间社会才恢复秩序，人们得以过上正常的生活。话虽如此，但是当我获得医师执照开起这家诊所时，那场传染病所导致的世界性混乱，那些令人痛心的景象，就像是发生在遥远的过去。

万万没想到，有朝一日竟会出现比当时更加严重的疫情，而且这次的病毒比三十年前的更加棘手。病

---

* 日语谚语。大风吹起沙子，沙子进入眼睛导致盲人越来越多，于是靠弹三味线讨生活的盲人越来越多。三味线的弦是用猫皮做的，于是猫越来越少，老鼠越来越多。老鼠数量增加后，越来越多的木桶被咬坏，于是卖木桶的人生意越来越好。形容看似毫无关系的两件事其实存在因果联系。

毒能够通过空气传播，传染性更强，口罩和传统的面罩已经难以防御了，外出时必须得戴上能覆盖整个脸部的透明防护罩。

唯一聊以慰藉的，大概是有判断力和决断力的政治家比之前多了。他们深入反省三十年前的防控策略，吸取教训，迅速应对。我们这些医务人员很快就获得了防护面罩，消毒凝胶随处可见，减少病毒飞散的喷雾也很快开发出来。

"我们家也终于可以打疫苗了呢。"听起来妻子稍显安心了。

这一年多来，我们一直在恐惧和无力感的笼罩下坚持坐诊，一直鼓励自己"就是为了这种时候能派上用场才当的医生"，可我和她的神经都紧绷太久，眼看就要断了。

"其实今天是这栋大厦的百年纪念日，但是在现在这个关键时期不会举办任何纪念活动。"主持人说。

哈？我掏出手机确认日期。"今天是六月二十号！"

"怎么了？"

一瞬间，我突然想起。

无事故塔一百周年的时候再见吧——藤原在贺年卡上曾写过的。

我把这件事告诉妻子，她满脸同情："约定的日子竟然赶上这种时候，当时肯定没想到吧。"

"我觉得藤原八成已经忘记了。"

"可你不是想起来了吗？"

"我是碰巧刚刚看到了新闻。"

"要不去看看？"

"欸？"

"去'无事故塔'啊。你们不是约好今天见吗？"

"藤原都不来，我去干吗？而且大楼今天也进不去吧。"

"去看看嘛，本来今天诊所也不开门。"

要是大家都一拥而入来打疫苗，场面一定难以控制，为了做好应对准备，我们已经决定了今天临时休诊。

"疫苗会运到'无事故塔'那边，你就当是去看看疫苗嘛。"

我几乎没有放在心上，不过又觉得很久没去过车站了，去那附近看看似乎也不错。从去年开始，心里总感觉憋得慌，希望可以借此散散心。去赴一个近三十年前的约，这种经历一辈子可能也就只此一次。就当是去散心了。

✤

已经很久没来过"无事故塔"了。我把自行车停在路边，向大楼走去。

距离大楼入口越来越近了，我意识到自己有些兴奋。要是藤原也记得那个约定的话，今天或许能见到。一想到这个心里就暖洋洋的。

藤原小学时运动能力强，人也风趣，没过多久就成了班上的核心人物。在我眼中，他是极其耀眼的存在。要不是有藤原，我的小学生活肯定一潭死水。

"哟，中野先生。"旁边突然有人招呼。是藤原吗？我心跳加速，扭头一看却发现是在其他町经营诊所的同行。他戴着防护罩，把整张脸罩得严严实实的，手拿喷雾四处喷射。"是担心疫苗过来看看吗？"

"啊，嗯……"我企图蒙混过去。

"终于来了啊，虽然疫苗只是第一步，但是整体形势肯定会发生巨大变化。真希望能早点把这玩意儿卸下来。"他厌恶地指了指头上的面罩，"话说，那个应该是谣言吧？"

"什么？"

"听说有些家伙计划今天来这里抢疫苗。前段时间不是闹得沸沸扬扬的嘛，说是有些团体煽动民众对病毒的恐慌情绪搞暴动什么的。"

前段时间大家都议论纷纷。说是有武装集团争抢食物，占领建筑物，提出一些乱七八糟的要求。

"那个上个月不是被抓了吗？"

"还有些家伙正在逃窜，算是余党吧，所以想在这里抢下疫苗，企图死灰复燃。"

"好吓人啊。"说着我看了一眼大楼前的广场。运送疫苗的卡车还没到，已经有几辆警车停在上面了，估计是在警戒。

我和医生告别，走向大楼正门的入口。果然，卷帘门紧紧关着。

我看了一眼时间，九点半，这才想起我们根本没有约定具体的见面时间。怎么可能见到……顿时觉得自己很可笑。

我继续在原地等待。有几个人三三两两地走向车站，外出的危险性大家早已心知肚明，只是没想到行人竟然会这么少。

又过了一会儿，嘭！一个巨大的声音传来。像是什么东西爆炸的声音，又像是巨型烟火发射时的声音。耳朵隐隐作痛。

我朝广场跑去。

"无事故塔"的正面区域已经停了几辆卡车。车上印着医疗团体的标志，应该是运送疫苗的车辆。

那附近的人倒在地上，卡车旁边的警察也无一幸免，其中有些人则用手捂住耳朵。

可能是用了声音炸弹之类的武器让人昏迷了吧。

一帮身穿黑色潜水服的男人不知道从哪里突然冒了出来，很快包围了卡车。每个人的耳边都戴着类似耳机的东西。

偷袭！他们是来抢疫苗的。

我感到一阵眩晕，血液似乎在向下倒流，一时难以接受疫苗被抢的事实。希望破灭了，我几乎要晕倒在地上。

得想想办法才行！我摇摇晃晃地靠近卡车。

就在这时，伴随着炸裂的引擎声，一辆大型摩托冲入广场。

飞入现场的摩托，在地上画了个圈后停稳。一个戴着头盔、身穿蓝色工作服的人从车上下来。头盔是像宇航员戴的那种。

围着卡车的黑衣人似乎非常惊讶——这家伙究竟是谁？他们很快就把身穿蓝色工作服的男人团团围住。

小学六年级回家路上在公园抽签的情景，忽然在脑海中闪现。那时的藤原正伸出手指准备选择时，不知为何，一只白纹蝶飞了过来，仿佛要停在他的指尖。

藤原下意识地挥了挥手,重新选了一条线。他的手指顺着线路一直往下走,最后停在"超级英雄"上时,我俩相视一笑。

原来是这样!本来早已遗忘的记忆无比鲜活地苏醒了。

我想起当时给藤原泼冷水:"超级英雄不行吧?"藤原却玩笑似的说:"不过可以试试。"

身穿蓝色工作服的男人站在广场上,双手抱着一个筒状物。波纹管?那是像吸尘器上的波纹管一类的东西,不过口径比吸尘器上的整整大了两圈,管子的另一端连接着他背上的背包。

男人动作熟练地架起波纹管,一群黑衣人顿时人仰马翻。风!不知道怎么回事,但是管中似乎喷射出了一股强风。男人对着黑衣人的脸一阵狂喷,他们根本无力抵抗。本以为是像吹风机那样将人吹飞,没想到还有吸尘器那样的吸附能力。

黑衣人很快就被制服了。

即使已经过去近三十年,我还是认出了他是谁。大局已定之后,我挥挥手,喊出了他的名字。

身穿蓝色工作服的男人朝我挥挥手,指着装有疫苗的卡车上海豚模样的标志叫喊着,似乎在拼命传达着什么。即使隔着头盔,也依然能感受到他的欢腾。